TILI A'R GEIFR

I Aedan, Rosa, Shona ac Amy. J.L.

I Elin. S.W.

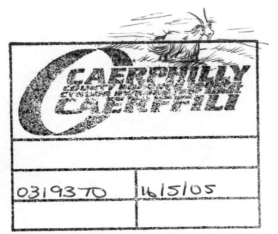

Cyhoeddwyd gan Gymdeithas Lyfrau Ceredigion Gyf.,
Blwch Post 21, Yr Hen Gwfaint, Ffordd Llanbadarn,
Aberystwyth, Ceredigion SY23 1EY.
Argraffiad Cymraeg cyntaf: Mawrth 2005
Hawlfraint y testun Cymraeg: Cymdeithas Lyfrau Ceredigion Gyf. ©2005
Addasiad: Gwen Angharad Jones
Cedwir pob hawl.

ISBN 1-84512-029-9

Cydnabyddir cymorth adrannau Cyngor Llyfrau Cymru

Cyhoeddwyd gyntaf ym Mhrydain yn 2005 gan Orchard Books,
96 Leonard Street, Llundain EC2A 4RH
Teitl gwreiddiol: *Tilly and the Wild Goats* yng nghyfres *Green Apples*
Hawlfraint y testun gwreiddiol © Joan Lingard 2005
Hawlfraint y lluniau © Sarah Warburton 2005
Y mae hawl Joan Lingard a Sarah Warburton i'w cydnabod fel
Awdur a Darlunydd y llyfr hwn wedi ei nodi ganddynt yn unol â
Deddf Hawlfraint, Dylunwaith a Phatentau, 1988.
Argraffwyd gan Creative Print and Design Cymru,
Glynebwy NP23 5XW

TILI A'R GEIFR

JOAN LINGARD

Lluniau gan Sarah Warburton

Addasiad Gwen Angharad Jones

PENNOD 1

'*Mae'n* ddrwg gen i,' meddai Mrs Prys yn
ei llais neis-neis, 'ond mi fydd angen y
bwthyn 'ma ar fy nai. Fydd ganddo
nunlle i fyw pan ddaw o'n ôl o Awstralia.'

'Rydach chi'n mynd i'n troi ni allan?'
llefodd Tili.

'Taw, Tili,' meddai ei mam dan wgu.
Doedd hi ddim fel petai wedi deall yn
iawn beth roedd Mrs Prys yn ei ddweud
wrthyn nhw ac roedd ei thalcen wedi
crychu i gyd fel hen bapur gwrymiog.

'Ond os trowch chi ni allan, fydd gennym *ni* nunlle i fyw,' meddai Tili gan rythu ar Mrs Prys.

'Mi wn i hynny, cariad, ac rydw i wedi deud ei bod hi'n ddrwg gen i. Ond mae'n rhaid i mi roi fy nai yn gyntaf, welwch chi, ac yntau'n perthyn i mi a phob dim. Ac mae ganddo fo blentyn bach . . . '

'Dim ond naw oed ydw i,' meddai Tili cyn i'w mam gael cyfle i roi taw arni. 'Ac mae'n amlwg nad ydi hi'n ddrwg iawn gennych chi neu fyddech chi ddim yn ystyried ein hel ni o 'ma. Ella y bydd yn rhaid i ni gysgu yn y goedwig. Ella y ca' i niwmonia!' Roedd geneth yn ei dosbarth hi wedi dal niwmonia y llynedd – nid am iddi gysgu yn y goedwig, ond wyddai Mrs Prys mo hynny.

'Ella y basai'r cyngor yn medru dod o hyd i dŷ i chi,' cynigiodd honno, heb swnio'n rhyw ffyddiog iawn.

'Dim ond chwech o dai cyngor sy yn

y pentre i gyd,' meddai mam Tili, 'a does 'na 'run ohonyn nhw'n wag.'

'Wel, fydd dim rhaid i chi adael yn syth bin. Mi gewch chi fis gen i er mwyn i chi gael cyfle i chwilio am rywle arall.'

'Mis?' meddai Tili. 'Pedair wythnos?'

'Wel, chwech ar binsh, ond dim mwy. Mi fydd Gerallt yn ôl erbyn hynny, ac ro'n i wedi gobeithio ailbaentio'r lle cyn iddo fo symud i mewn.'

Crwydrodd llygaid Mrs Prys dros y waliau oren a phinc. Roedd mam Tili wedi cymryd at liwiau llachar yn ddiweddar, am eu bod nhw'n cynhesu'r ysbryd, meddai hi. Roedd hi'n tueddu i ddweud rhyw bethau felly.

'Fydda Gerallt ddim yn licio'r lliwiau 'ma?' holodd Tili. 'Maen nhw'n gwneud

y lle yn gynnes braf ac yn nadu i chi
fynd i deimlo'n isel. Ond ella na fydd
Gerallt byth yn teimlo'n isel.'

'Dwi'n meddwl y byddai'n well
ganddo fo rywbeth ychydig yn fwy . . .
tawel, ddeudwn ni,' meddai Mrs Prys gan
fustachu i godi o ddyfnderoedd y soffa.
Roedd hi braidd yn drwm a'r soffa braidd
yn isel. 'Rhaid i mi ei throi hi,' meddai.
'Rydw i'n cyfarfod rhywun am ginio.'

'Gobeithio y tagith hi ar ei hen ginio!'
meddai Tili unwaith y caeodd y drws.

'Dyna ddigon rŵan, Tili!'

'Fedar hi wneud hyn i ni? Ein troi ni allan fel mae hi isio?'

'Medar, gwaetha'r modd. Mi wnes i arwyddo cytundeb yn cytuno y câi hi roi mis o rybudd inni symud allan.'

Aeth mam Tili i'r cyntedd i ffonio Anna, ei ffrind gorau, a daeth hithau draw ar ei hunion i drio cynnig rhywfaint o gysur iddyn nhw. Mi ddaeth â chacen fanana hefo hi, a phot o farmalêd cartref. Bob tro y deuai Anna â

marmalêd iddyn nhw mi fyddai hi'n dweud bod ei liw yn union yr un fath â lliw gwallt Tili. Ac mi ddywedodd hynny eto heddiw. Roedd Tili'n methu'n lân â deall pam yr oedd pobl yn mynnu dweud yr un pethau o hyd ac o hyd – a'r rheini'n bethau diflas iawn fel rheol.

Ond o leia doedd Anna ddim wedi dod â'i thri phlentyn hefo hi heddiw. Roedd pob un dan bump oed ac yn disgwyl i Tili chwarae hefo nhw. Ac os na fyddai hi'n gwneud, mi fydden nhw'n sgrechian crio yn ddi-baid. Ond mae'n rhaid bod eu tad gartre i ofalu amdanyn nhw heddiw.

Aeth mam Tili i ferwi'r tecell er mwyn gwneud paned.

'Beth ar y ddaear wnaeth i ti arwyddo'r cytundeb 'na, Tania?' gofynnodd Anna. 'Ddylet ti fyth fod wedi cytuno i fis o rybudd.'

'Fasa hi ddim wedi gadael i mi gael y

tŷ fel arall. Ro'n i'n despret. Roedd Tili a finna'n byw mewn hen garafán damp a'r gaeaf ar ein gwartha.'

Hen garafán ofnadwy oedd hi hefyd – nid un o'r rhai crand hynny y medrwch chi eu prynu y dyddiau hyn, rhai sydd bron cymaint â byngalos.

'Rhaid i ti gymryd beth wyt ti'n ci gael,' adroddodd Tili, gan ddynwared llais ei mam.

Doedden nhw ddim yn *ofnadwy* o dlawd. Roedd mam Tili'n ennill pres yn gwneud rhywbeth o'r enw 'adweitheg'. Mi fyddai hi'n tylino traed pobl er mwyn eu helpu nhw i wella o wahanol afiechydon, ac mae'n rhaid ei fod o'n gweithio oherwydd roedd y bobl yma'n dod yn ôl am fwy. Ond doedd y gwaith ddim yn talu cystal â hynny ac roedd prisiau tai wedi codi'n ddychrynllyd.

'O wel,' meddai Anna. 'Beth am i ni gael tamaid o'r gacen 'ma?'

Cymerodd pob un ohonyn nhw ddarn o'r gacen, gan gynnwys Tili. Dyna un peth am Anna – roedd hi'n un wych am grasu cacennau. Hi fyddai'n gwneud yr holl gacennau a oedd ar werth yng nghaffi bach y pentref.

'Mi fedrech chi ddod aton ni am dipyn, wsti Tania,' meddai Anna wedyn, 'tra byddi di'n chwilio am dŷ arall. Wna i ddim gadael i chi fyw ar y stryd.'

Mynd i fyw at deulu Anna? Roedd y syniad yn ddychryn i Tili. Ar ben tri o blant swnllyd a gŵr oedd yn ddyn mawr ac yn cymryd llawer o le, roedd gan

Anna ddwy gath Seiam flin. A chi. A dim ond dwy lofft oedd yn y tŷ. Yn sydyn roedd byw ar y stryd yn apelio'n fawr!

'Iawn, 'ta, dewch i ni gael rhoi

meddwl ar waith,' meddai Anna, ar ôl iddyn nhw orffen bwyta. 'Oes 'na rywun yn y pentre sy'n debygol o symud i ffwrdd cyn bo hir?'

Gadawodd Tili y ddwy yn meddwl ac aeth drws nesaf i holi ei ffrind, Gwilym.

Ond roedd gan hwnnw fwy o ddiddordeb yn y llun roedd o wrthi'n ei baentio nag yn stori Tili.

'Oeddet ti'n gwrando ar beth dwi newydd ei ddeud?' gofynnodd Tili'n swta.

'Dal dy ddŵr am funud. Mae'n rhaid i mi orffen hwn cyn i'r paent sychu.'

Roedd Gwilym yn paentio llun ar gyfer cystadleuaeth eisteddfod. 'Rhywogaeth sydd dan fygythiad' oedd y teitl. Pwnc anodd. Cyfeirio oedd o at fathau o anifeiliaid neu adar a fyddai'n darfod amdanynt pe na bai neb yn eu gwarchod. Roedd Gwilym wrthi'n paentio llun o frân goesgoch, aderyn prin a oedd yn byw yn Eryri. Sbeciodd Tili ar y llun.

'Dydi o ddim yn ddrwg gen ti,' meddai. A dweud y gwir, roedd yn arbennig o dda. Gwilym oedd y gorau yn yr ysgol am baentio lluniau. Nid bod yna lawer o ddisgyblion yn yr ysgol i gyd, yn wahanol i rai o'r ysgolion eraill roedd Tili wedi bod iddyn nhw. Pedwar deg pump o blant oedd ynddi, a dwy athrawes a hanner. Doedd hynny ddim yn golygu bod un athrawes wedi ei thorri yn ei hanner, dim ond mai am hanner yr wythnos y byddai hi'n dysgu.

'Rydan ni'n mynd i gael ein troi allan o'n tŷ,' meddai Tili wedyn. 'Gan yr hen Bry. Be wnawn ni, Gwilym?'

Gollyngodd Gwilym y brws paent a meddwl am funud. 'Gwneud dim,' meddai'n ddoeth. 'Peidio â mynd.'

'Gwrthod, wyt ti'n feddwl?'

'Jest aros yna a gweld be wnaiff hi.'

'Cadwyno'n hunain i'r llawr?' Roedd Tili wedi darllen am bobl yn gwneud pethau felly.

'Os oes raid.'

'Ond mi fydda Mrs Prys yn galw'r heddlu ac yn gofyn iddyn nhw ddŵad i'n torri ni'n rhydd hefo llif.'

'Mi gaet ti dy lun yn y papur wedyn.'

'Dydw i ddim isio fy llun yn y papur!'

15

atebodd Tili'n chwyrn. Ddim am y rheswm hwnnw, beth bynnag. 'Ro'n i'n meddwl y bydda gen ti syniadau call, ac yn gwybod am dŷ y gallen ni fynd i fyw iddo. Rwyt ti wedi byw yma erioed.'

Roedd Gwilym Lewis wedi'i eni yn y bwthyn hwn. Roedd ei nain a'i daid yn byw yn y pentref, a'i hen nain – a oedd yn naw deg wyth ac yn dal i fod o gwmpas ei phethau – heb sôn am ddwy fodryb ac ewyrth a degau o gefndryd a chyfnitherod o bob oed. Yn ôl mam Tili, doedd dim byd yn digwydd yn y pentref nad oedd y Lewisiaid yn gwybod amdano. Os felly, bydden nhw'n siŵr o wybod os oedd tŷ rhent ar fin dod yn wag.

'Ella y bydd yn rhaid i ni symud oddi yma,' meddai Tili. 'I Fangor neu Gaernarfon. Neu 'nôl i Loegr,' ychwan-egodd, gan geisio pwysleisio pa mor ddifrifol oedd y sefyllfa. Roedd Tili'n hapus yn y pentref ac roedd hi a'i mam wedi gwneud ymdrech fawr i ddysgu Cymraeg er mwyn gallu siarad â'u cymdogion. Cymraeg bydden nhw'n ei siarad â'i gilydd yn y tŷ hyd yn oed erbyn hyn. Ond mi fyddai hynny'n newid pe baen nhw'n gorfod mynd yn ôl i Loegr.

'Rydan ni'n siŵr o feddwl am rywbeth,' meddai Gwilym. 'Tyrd, mi awn ni lawr i'r pentre i chwilio'

Chwibanodd ar y ci a oedd wedi bod yn cysgu o flaen y gwresogydd. Llamodd Gelert ar ei draed ar unwaith gan ysgwyd ei gynffon. Roedd o wrth ei fodd yn cael mynd am dro.

Rhoddodd Tili ei phen i mewn i'w thŷ ei hun ar y ffordd. 'Dwi'n mynd i'r pentre hefo Gwilym, i chwilio am dŷ.'

'Pob lwc!' meddai ei mam, braidd yn sarcastig. 'Piti na fydda petha mor hawdd â hynny.'

'Dwyt ti byth yn gwybod,' meddai Tili wrth gau'r drws ar ei hôl.

PENNOD 2

Penderfynodd y ddau ddilyn y llwybr ar hyd Caeau'r Afon. Doedd o ddim yn llwybr go-iawn; cafodd ei ffurfio gan ôl traed pobl fu'n cerdded y ffordd honno dros y blynyddoedd. Rhedodd Gelert o'u blaenau a'i gynffon aur yn chwifio o ochr i ochr wrth iddo rasio drwy'r glaswellt hir. Doedd dim defaid yn y caeau y bore hwnnw felly penderfynodd Gwilym y byddai'n iawn iddo'i ollwng oddi ar y tennyn.

Yr hen Fistar Llywelyn oedd piau'r tir, a fo oedd yn byw yn yr hen dŷ, ar ei ben ei hun. Tir preifat oedd o mewn gwirionedd, ond bod Mr Parri, rheolwr y stad, yn gadael i'r bobl leol gerdded drosto. Fyddai o ddim wedi bod yn boblogaidd petai o wedi ceisio'u hatal nhw gan fod y ffordd arall a arweiniai i'r pentref, ar hyd y lôn fawr, yn cymryd llawer iawn mwy o amser. Ond doedd pobl ddim yn rhyw hoff iawn ohono fo beth bynnag. Roedd ganddo dymer debyg iawn i gathod Anna, ac mi fyddai'n dueddol o golli ei limpin am ddim byd. Bu ewyrth i Gwilym yn gweithio iddo fo am ryw chwe mis, a dywedodd fod hynny'n hen ddigon.

Mr Parri oedd yn gofalu am stad Mr Llywelyn, a'i wraig oedd yn gofalu am y tŷ ac am Mr Llywelyn ei hun. Doedd Mr Llywelyn ddim wedi bod i'r pentref ers blynyddoedd. Roedd ambell un yn dweud ei fod o'n tynnu am ei naw deg, ac eraill yn dweud ei fod dros ei gant. Ac eraill wedyn yn dweud y gallai o fod wedi marw ers blynyddoedd am a wydden nhw. Doedd neb byth yn cael mynd i'r tŷ. Châi'r postmon ddim mynd yn bellach na'r drws cefn, nac Anti Nesta chwaith pan aeth hi yno i geisio gwerthu tocynnau raffl ar gyfer noson goffi'r neuadd. Roedd peth felly'n gwneud i chi amau, on'd oedd? Dywedodd mam Tili mai siarad drwy'u

hetiau oedd pobl a'u bod nhw'n gwneud môr a mynydd o'r peth. Ond byddai hithau'n licio hel straeon ei hun weithiau, a bu'n rhaid iddi gyfaddef bod rhyw ddirgelwch ynglŷn â Mr Llywelyn a'r hen dŷ.

Daeth Tili a Gwilym at y wal gerrig uchel oedd yn amgylchynu'r tŷ. Roedd y ddôr a arweiniai i'r ardd wedi'i chloi, fel arfer, ond ceisiodd Tili ei gwthio wrth basio, jest rhag ofn. Allen nhw ddim gweld ffenestri'r llawr isaf gan fod y wal yn eu cuddio ond roedd y rhai i fyny'r grisiau yn edrych yn dywyll a difywyd. Y stori oedd bod ysbryd yn yr atig – ysbryd dynes mewn gwyn i gyd a fyddai'n udo ac yn taro'i dwylo yn erbyn y waliau. Ond roedd taid Gwilym yn dweud mai ystlumod oedd yn nythu o dan y to.

'Ella y basa Mr Llywelyn yn fodlon rhentu rhan o'r tŷ i chi,' awgrymodd

Gwilym, a'i dafod yn ei foch braidd.
'Does arno fo ddim angen yr holl
stafelloedd 'na iddo fo'i hun.'

Ond doedd gan Tili ddim llawer o
awydd byw yn y ffasiwn le, yn enwedig
os oedd yna ysbryd yn crwydro o
gwmpas. Fyddai hi ddim yn hawdd iawn
cael gafael ar Mr Llywelyn i ofyn iddo fo
beth bynnag.

'Sbia!' llefodd yn sydyn gan bwyntio i
gyfeiriad y llethrau. 'Dacw nhw'r geifr!'

Trodd Gwilym ei ben i edrych.

Roedd y ddau wrth eu bodd yn gweld y geifr yn rhedeg yn un rhes hir. Geifr gwyllt oedden nhw na fyddai byth yn dod yn agos i'r pentref, ond roedd pobl yr ardal yn falch iawn ohonyn nhw. Eu geifr nhw oedden nhw ac roedd y creaduriaid wedi bod yn byw ar y llethrau ers canrifoedd.

Wrth iddyn nhw wylio, fe welsant gerbyd yn hercian dod dros y tir anwastad. Mae'n rhaid mai dyna pam roedd y geifr yn rhedeg. Wrth i'r car ddod yn nes, gwelsant mai Range Rover Mr Parri oedd o. Fo oedd wrth y llyw ac roedd rhywun yn eistedd wrth ei ymyl.

'Pwy ydi'r dyn arall 'na?' holodd Tili, gan wybod bod ei ffrind yn adnabod pawb. Ond ysgwyd ei ben a wnaeth Gwilym a galw ar Gelert. Daeth y ci yn ôl atynt yn anfoddog, a doedd dim golwg hapus arno wrth i Gwilym fachu'r tennyn yn ei goler. Ond doedd Gwilym

ddim am iddo ddechrau ymladd hefo daeargi rheolwr y stad.

Stopiodd y Range Rover cyn cyrraedd y cae a dringodd y ddau ddyn allan ohono a'r daeargi wrth eu sodlau. Dechreuodd y dyn dieithr osod trybedd at ei gilydd.

'Beth mae o'n ei wneud?' gofynnodd Tili.

'Mesur rhywbeth.' Roedd ewyrth i Gwilym yn syrfëwr. 'Mi ges i fynd hefo Yncl Tom ryw dro pan oedd o wrthi'n mesur tir ar safle adeiladu. Trybedd fel'na oedd ganddo fo hefyd, a rhyw declyn i fesur ar ei phen hi.'

'Ond does bosib eu bod nhw'n mynd i adeiladu fan hyn?'

Roedd Mr Parri'n estyn rhywbeth o gefn y car; arwydd o ryw fath ydoedd.

Cerddodd Tili a Gwilym yn eu blaenau a chyrraedd y giât yr un pryd â Mr Parri. Dechreuodd y cŵn chwyrnu ar ei gilydd a thynnodd Gwilym ar dennyn Gelert a gorchymyn iddo eistedd. Ufuddhaodd Gelert yn araf ond yn gyndyn gan gadw llygad barcud ar y ci arall a oedd yn rhedeg yn rhydd.

'Beth ydach chi'ch dau'n ei wneud yn busnesu o gwmpas y lle?' holodd Mr Parri'n flin.

'Dydan ni ddim yn busnesu,' meddai Tili gan lygadu'r arwydd a oedd yn llaw'r rheolwr. 'Ar ein ffordd i'r pentre ydan ni. Rydan ni'n chwilio am dŷ.'

'Ewch i chwilio am dŷ yn rhywle arall! Rydach chi'n tresmasu.'

'Ond y ffordd yma y byddwn ni'n dŵad bob amser,' meddai Gwilym.

'Ddim rhagor,' a dangosodd y rheolwr yr arwydd iddyn nhw.

STRICTLY PRIVATE. KEEP OUT. Uniaith Saesneg.

'Pam ydach chi isio hwnna?' gofynnodd Tili.

'Fedri di ddim darllen?' meddai Mr Parri gan agor y giât. 'Allan â chi, a dydw i ddim isio'ch gweld chi yma eto. Dwi wedi cael llond bol ar bobol yn crwydro ar hyd y lle 'ma, yn ddigon o niwsans ac yn gollwng sbwriel.'

'Fyddwn ni ddim yn gollwng sbwriel,' protestiodd Tili.

Ar hynny, dyma'r daeargi'n rhedeg am Gelert, a Gelert yn llamu ar ei draed gan dynnu ar y tennyn yn barod i fynd amdano. Er nad oedd yn un i ymladd â chŵn eraill fel rheol, doedd o ddim yn mynd i eistedd yno a gadael i'r llall ymosod arno heb geisio'i amddiffyn ei hun. Chwyrnodd y ddau a dechrau dawnsio o gwmpas ei gilydd yn fygythiol. Cydiodd y rheolwr yng ngholer y daeargi a'i lusgo'n ôl.

'Ddylech chi ddim dŵad â'r ci 'na fan hyn,' meddai. 'Sbïwch y trafferth rydach chi'n ei achosi! O'ma!'

Caeodd y rheolwr y giât ar eu holau a gwthio'r bollt i'w le cyn tynnu clo clap o'i fag a'i osod ar y giât. Gwyliodd Tili a Gwilym y broses â chryn ddiddordeb.

'Beth rŵan eto?' arthiodd Mr Parri'n ddiamynedd.

'Ymm . . . Meddwl oedden ni . . . Beth mae'r dyn 'na'n ei wneud yma?' meddai Tili.

Trodd y rheolwr ei ben i gyfeiriad y dyn. 'Dydy hynny'n ddim o'ch busnes chi, felly ewch o 'ma ar unwaith! Beth ydi dy enw di, gyda llaw?'

'Tili. Tili Trotwood.'

'Wel, Tili Trotwood, dydw i ddim isio dy weld di ar dir Mr Llywelyn eto, wyt ti'n deall? Dwi'n dy rybuddio di. Chditha hefyd, Gwilym Lewis.'

'Mae rhywbeth od iawn yn digwydd yn fan'na os wyt ti'n gofyn i mi,' meddai

Tili wrth iddyn nhw gerdded i ffwrdd, ac allai Gwilym ddim llai na chytuno.

Y tŷ cyntaf y daethon nhw ato wrth gyrraedd y pentref oedd tŷ Mrs Prys. Roedd hi'n hawdd gweld ei fod yn llawer mwy na'r un tŷ arall yn yr ardal heblaw am un Mr Llywelyn, ac roedd gardd eang o'i flaen.

'Wela i ddim pam na allai'r Gerallt 'ma a'i deulu aros hefo hi,' meddai Tili. 'Mae Anna'n deud bod chwe stafell wely ganddi.'

'Dydw i ddim yn ei gweld hi'n newid ei meddwl,' meddai Gwilym.

Ochneidiodd Tili.

Tai unllawr neu ddeulawr oedd tai eraill y pentref, ac roedd rhywun yn byw ym mhob un ohonyn nhw. Ar y ffordd i gyfeiriad y dref roedd stad fechan o dai cyngor, a'r rheini eto'n llawn.

'Dwi'n meddwl mai'r peth gora fydda

i ti roi nodyn yn ffenest y siop,' meddai Gwilym.

Roedd hysbysfwrdd y siop bob amser yn llawn o gardiau yn hysbysebu popeth o feiciau i ffrogiau morynion priodas (wedi'u gwisgo unwaith yn unig), ac ambell nodyn 'Yn Eisiau' yn eu plith.

Roedd y siop yn wag heblaw am Mrs Williams y perchennog. Edrychai'n falch o'u gweld.

'A beth alla i ei wneud i chi'ch dau heddiw 'ma?'

'Mae Mrs Prys yn mynd i droi Mam a finna allan o'r tŷ,' meddai Tili.

'O diar,' meddai Mrs Williams, a'r wên yn diflannu oddi ar ei hwyneb. 'Mae'n ddrwg gen i glywed hynny.'

'Mae hi'n mynd i'w osod o i'w nai.'

'O, ydi Gerallt yn dŵad adre?'

'Mmm. Dydach chi ddim yn digwydd gwybod am rywun sy'n chwilio am denantiaid, nac ydach?'

'Ddim ar hyn o bryd, mae arna i ofn.'

'Gawn ni roi nodyn ar yr hysbysfwrdd?' gofynnodd Gwilym.

'Cewch, wrth gwrs.' Estynnodd Mrs Williams gerdyn iddyn nhw. Soniodd hi ddim am dalu, a oedd yn beth da gan nad oedd ganddyn nhw ddim pres. Rhoddodd fenthyg beiro iddyn nhw hefyd.

'Beth ddeuda i?' pendronodd Tili gan gnoi pen y feiro, wedi anghofio nad hi oedd piau hi. 'Yn ddigartref,' meddai, gan brintio'r llythrennau'n ofalus.

'Dwyt ti ddim yn ddigartref eto,' meddai Gwilym.

'Mi fydda i cyn bo hir,' meddai Tili, gan ychwanegu 'bron â bod' rhwng cromfachau ac mewn llythrennau bach. 'Helpwch ni! Mi ddyla hynny weithio.' Ar waelod y cerdyn ysgrifennodd enw ei mam a'i henw hithau, ynghyd â'u cyfeiriad.

Roedd y cerdyn yn edrych fel hyn:

YN DDIGARTREF
(bron â bod)
HELPWCH NI!

Tania a Tili Trotwood
4 Tai'r Afon

'Well i ti roi rhif ffôn hefyd,' meddai Gwilym.

Gwnaeth Tili hynny, ac wedyn roedd y cerdyn bron yn llawn heblaw am un llinell wag ar y top.

'Oes gennych chi feiro goch?' gofynnodd i Mrs Williams.

Estynnodd Mrs Williams un newydd oddi ar y silff. 'Fe gei di fenthyg hon am funud.'

Ysgrifennodd Tili'r gair **'BRYS'** mewn llythrennau mawr coch ar dop y cerdyn a'i ddal i fyny i'r ddau arall ei weld.

'Dwyt ti ddim yn meddwl y bydda'n well i ti ei ddangos o i dy fam gynta?' gofynnodd Mrs Williams. 'Ella na ddylwn i ei roi o ar yr hysbysfwrdd tan iddi hi ei weld o.'

'Does 'na ddim amser. Ac mae Mam yn brysur pnawn 'ma, beth bynnag. Mae ganddi dri phâr o draed i'w rhwbio. Mae'n iawn i chi ei roi o i fyny, wir yr.'

'Wel, os wyt ti'n siŵr . . .' Doedd Mrs Williams ddim yn swnio'n ffyddiog iawn.

'Fydd dim ots gan ei mam,' sicrhaodd Gwilym hi. 'Fel'na y basa hi'n sgwennu hys-bys ei hun.'

Estynnodd Mrs Williams am bin bawd.

Wrth i Tili osod y cerdyn ar yr hysbys-fwrdd canodd y gloch uwchben y drws a daeth Anti Nesta, modryb Gwilym a cheg fawr y pentref, i mewn i'r siop. Roedd hi'n gwisgo slipars pinc fflyffi, felly mae'n rhaid ei bod hi wedi dod a'i gwynt yn ei dwrn heb stopio i'w newid nhw.

'Dwi newydd fod yn siarad hefo Muriel Morris,' cyhoeddodd yn fyr ei gwynt. Roedd Muriel Morris hefyd yn geg fawr, a chan fod ei gŵr yn bostmon roedd hi'n clywed peth wmbredd o straeon. 'Roedd hi'n deud eu bod nhw'n mynd i greu cwrs golff ar Gaeau'r Afon.'

'Choelia i fawr,' meddai Mrs Williams yn amheus.

'Goelia i,' meddai Tili. 'Mae 'na ddyn wrthi'n mesur yno rŵan.'

'Ac mae Muriel yn deud,' ychwanegodd Anti Nesta, gan aros am ychydig i geisio cael ei gwynt ati, 'y bydd yn rhaid iddyn nhw gael gwared ar y geifr!'

PENNOD 3

Roedd y pentref yn ferw gwyllt. Lledodd y newydd fel tân mewn coedwig ganol haf. Rhaid bod Anti Nesta wedi cnocio ambell ddrws ar ei ffordd oherwydd cyn pen dim roedd y siop yn llawn pobl, a phawb yn siarad ar draws ei gilydd.

'Cael gwared ar y geifr dim ond i bobol gael hitio rhyw bêl fach wen o gwmpas y lle!'

'Am wyneb!'

'Cwrs golff o bob dim!'

'Wnaiff Mr Llywelyn byth werthu'r caeau iddyn nhw.'

Ond wedi i bawb dawelu rhywfaint tynnodd Mrs Williams eu sylw at y ffaith nad oedd neb wedi gweld Mr Llywelyn ers blynyddoedd ac nad oedd ganddyn nhw syniad mewn gwirionedd beth fyddai o'n ci wneud neu'n peidio â'i wneud. Yna dywedodd y gweinidog ei bod hi'n bur annhebygol y byddai unrhyw un yn cael caniatâd cynllunio i greu cwrs golff yno.

'Rhaid i ni beidio â chynhyrfu cyn i ni gael gwybod y ffeithiau'n llawn,' rhybuddiodd. 'Mae'n bosib nad ydi'r peth yn wir o gwbwl.'

Mwmialodd rhai rywbeth i ddangos eu bod nhw'n cytuno.

'Ond roedd y dyn diarth yno i ryw ddiben,' meddai Tili'n dawel. 'A hefo Mr Parri roedd o.'

Erbyn hyn roedd y criw yn dechrau chwalu, a doedd neb wedi darllen cerdyn Tili. Fuon nhw'n rhy brysur yn siarad ymysg ei gilydd i wneud dim byd arall.

Tili a Gwilym oedd yr olaf i adael y siop. Llamodd Gelert i lawr y grisiau gan dynnu ar y tennyn. Roedd o wedi cael llond bol ar fod ynghanol  coedwig o goesau yn y siop a'r rheini'n gwthio yn ei erbyn bob munud. Roedd rhywun hyd yn oed wedi sefyll ar ei gynffon, ond heb ei glywed yn ielpian am eu bod wedi cynhyrfu gymaint.

Ar y palmant y tu allan i'r siop, roedd Anti Nesta wrthi'n rhannu'r newyddion hefo'i chwaer, Anti Jean, a oedd ar ei ffordd i'r siop i brynu llefrith.

'Dwi'n meddwl mai chi sy'n iawn, Anti

Nesta,' meddai Tili. Roedd hi'n cael ei galw hi'n 'Anti Nesta' er nad oedd hi'n fodryb go-iawn iddi. Gwnâi hi'r un fath hefo pob un o deulu Gwilym; nhw oedd wedi dweud wrthi am wneud. Dim ond un fodryb ac un ewyrth go-iawn oedd gan Tili ac roedd y rheini'n byw yn Efrog.

'Mi gadwa i 'nghlustiau ar agor,' addawodd Anti Nesta, 'ac mi ro' i wybod i chi os bydd unrhyw ddatblygiadau.'

Trodd Tili a Gwilym tuag adre. Roedd Gelert yn ysu am gael mynd i'r caeau ond siom a gafodd o. Cyfarthodd yn obeithiol pan gyrhaeddon nhw'r giât ond roedd y clo clap yn dal i fod arni, a'r arwydd mawr 'STRICTLY PRIVATE. KEEP OUT' wedi ei osod wrth ei hymyl. Doedd dim golwg o'r rheolwr na'r syrfëwr.

Pwysodd Tili a Gwilym ar y giât ac edrych dros y caeau. Fe allen nhw weld Tai'r Afon lle roedden nhw'n byw yr ochr draw. Dim ond rhwng pump a deg munud a gymerai iddyn nhw gyrraedd yno ar draws y caeau. Fe allen nhw ddringo dros y giât, wrth gwrs, ond dywedai rhywbeth wrthyn nhw nad oedd hynny'n syniad da. Beth petaen nhw'n dod wyneb yn wyneb â Mr Parri a'r hen ddaeargi bach annifyr hwnnw? Na, gwell fyddai mynd ar hyd y lôn fawr.

'Sbia!' llefodd Tili'n sydyn. 'Mae rhywun i fyny fan'na – yn un o ffenestri ucha'r hen dŷ.'

Edrychodd Gwilym a gweld wyneb yn y ffenest, ond roedd yn rhy bell i ffwrdd iddo allu ei adnabod.

'Dwi'n siŵr mai Mr Llywelyn ydi o,' meddai Tili'n gynhyrfus.

'Synnwn i ddim,' cytunodd Gwilym, gan hanner cau ei lygaid mewn ymdrech i adnabod y person oedd yn sefyll yno.

Y munud nesaf roedd yr wyneb wedi diflannu.

Cymerodd hi ugain munud dda iddyn

nhw gerdded adref ar hyd y lôn fawr a
bu'n rhaid i Gelert aros ar ei dennyn.
Dangosodd yntau ei anfodlonrwydd
drwy dynnu a strancio yr holl ffordd
'nôl. Doedd dim palmant, felly bob tro y
clywen nhw gar yn dynesu roedd yn
rhaid iddyn nhw stopio a chlosio at y
clawdd.

Unwaith, wrth iddyn nhw droi i
edrych dros eu hysgwyddau, fe welson
nhw fan fach las tad Gwilym yn dod i'w

41

cyfarfod. Plymar oedd o ac roedd o'n gweithio yng Nghaernarfon. Arafodd ac agor ei ffenest i siarad â nhw.

'Pa ddryga rydach chi'ch dau wedi bod yn eu gwneud, 'ta?'

Pam roedd pawb bob amser yn meddwl eu bod nhw wedi bod yn gwneud drygau? Roedden nhw wastad yn bihafio'n dda iawn. Wel, ar y cyfan!

Adroddodd Tili'r hyn roedd Anti

Nesta wedi'i glywed ynglŷn â'r cwrs golff.

Crychodd tad Gwilym ei dalcen. 'A deud y gwir,' meddai'n araf, 'ella fod 'na sail i'r stori. Mi glywais i rywun yn deud yn y dre y bore 'ma y gallen nhw gael caniatâd cynllunio gan mai tir diffaith ydi o. Does 'na ddim byd yn tyfu yno heblaw grug – a rhododendron, wrth gwrs! – ac maen nhw'n meddwl y bydda cwrs golff yn denu pobol i'r ardal.'

'Ymwelwyr,' sniffiodd Tili.

'Ie, ond mae digon o'u hangen nhw arnon ni. Mae isio creu swyddi yn yr ardal 'ma.'

'Ond beth am y geifr?' llefodd Tili.

'Wnân nhw mo'u difa nhw, wsti. Eu symud nhw i rywle arall wnân nhw.'

'Dydan ni ddim isio iddyn nhw gael

eu symud,' meddai Gwilym. 'Fan hyn mae'u cynefin nhw.'

'Wel, dydw i ddim yn meddwl y gallwn ni wneud dim byd ynghylch y peth. Gymerwch chi bàs adra yn y fan?'

Ond doedd dim awydd arnyn nhw stwffio i gefn y fan a oedd yn llawn tŵls, felly penderfynodd y ddau gerdded, ac i ffwrdd â Mr Lewis gan eu gadael nhw yno.

'Pam mae oedolion yn mynnu deud nad oes 'na ddim byd y gallwn ni ei wneud ynghylch pethau?' gofynnodd Tili. 'Mi wnawn *ni* rywbeth ynghylch y peth – chdi a fi, os na wnaiff neb arall.'

'Ond beth *allwn* ni ei wneud?'

'Llunio deiseb. Dyna wnaeth y mamau yn y lle dwetha roeddan ni'n byw, pan oeddan nhw isio rhai o'r ramps atal cyflymder 'na ar y lôn er mwyn diogelu'r plant.'

'Weithiodd o?'

'Do. Mi gawson ni'r ramps.'

'Mi ddo' i draw i'ch tŷ chi ar ôl te, 'ta, ac fe luniwn ni ddeiseb.'

Fe gawson nhw help llaw gan fam Tili unwaith roedd hi wedi gorffen tylino'r pâr olaf o draed. Dywedodd y byddai'n

well iddyn nhw wneud y gwaith ar y cyfrifiadur yn hytrach nag hefo llaw er mwyn iddo edrych yn fwy proffesiynol.

Dyma beth ysgrifennon nhw:

'Mae'r geifr gwyllt wedi bod yn byw ar y llethrau hyn ers canrifoedd. Maen nhw'n unigryw ac fe ddylen nhw gael eu cadw yn eu cynefin. Rydan ni'n gwrthwynebu'r syniad o'u symud nhw er mwyn gwneud lle i gwrs golff.'

Wedi darllen dros y geiriau'n ofalus, fe ddechreuon nhw argraffu copïau o'r dudalen. Roedden nhw wedi argraffu deuddeg copi cyn i fam Tili ddweud bod hynny'n hen ddigon.

Tili oedd y gyntaf i lofnodi'r ddeiseb, ac yna Gwilym ac yna mam Tili.

'Mae'n ddechrau, o leia,' meddai Tili gan edrych ar y dudalen gyda balchder. Bellach edrychai fel hyn:

Tili Trotwood, 4 Tai'r Afon
Gwilym Lewis, 3 Tai'r Afon
Tania Trotwood, 4 Tai'r Afon

Yna fe aethon nhw'r drws nesaf i dŷ Gwilym i ofyn i'w rieni ef ei llofnodi, ac fe gytunodd y ddau ar unwaith. Llofnododd

Mari ei chwaer hefyd, mewn 'sgwennu sownd' taclus, er mai dim ond saith oed oedd hi. Doedd Siôn ei frawd, a oedd yn bymtheg oed, ddim gartre.

Mrs Davies oedd yn byw yn rhif dau. Roedd hi'n hen a doedd hi ddim yn clywed yn dda iawn.

'Geifr?' meddai. 'Pa eifr?'

'Ar y foel,' gwaeddodd Tili. 'Ar y *foel*!'

'Wn i ddim byd am eifr.'

'Gad iddi,' meddai Gwilym. 'Dydi hi ddim yn deall.'

Rhoddodd Tili y gorau i drio egluro, ond yn ddigon anfoddog, oherwydd roedd pob llofnod yn cyfri. Ond i ffwrdd â nhw i rif un lle roedd Mr a Mrs Jones yn cynnig Gwely a Brecwast.

'Beth ydi hyn, felly?' gofynnodd Mr Jones gan roi ei sbectol ddarllen ar ei drwyn a chydio yn y darn papur.

Eglurodd Gwilym iddo.

'Hmm. Cwrs golff. Mi fydda peth felly yn dda iawn i ddenu pobol i'r ardal.'

'Pobol o America yn enwedig,' meddai Mrs Jones. 'Maen nhw'n licio dŵad i'r wlad yma i chwarae golff.'

'Ond mae lot o gyrsiau golff yng Ngwynedd yn barod,' meddai Tili'n bryderus. Roedd rhywbeth yn dweud wrthi nad oedd y ddau yma'n mynd i arwyddo.

'Mi allai wneud y byd o les i'n busnes Gwely a Brecwast ni,' meddai Mr Jones gan droi at ei wraig.

Wnaethon nhw ddim llofnodi.

'Mae pobol yn bwysicach na geifr,' meddai Mr Jones gan basio'r darn papur yn ôl i Tili.

'Dydan ni ddim yn deud yn wahanol,' dadleuodd Tili. 'Ond mi allen nhw greu cwrs golff yn unrhyw le.'

Ond doedd y Jonesiaid ddim am newid eu meddyliau, a doedd gan Tili a Gwilym ddim dewis ond gadael.

'Dydi hyn ddim yn mynd i fod mor hawdd ag roeddan ni wedi meddwl,' meddai Gwilym.

PENNOD 4

Fe gawson nhw fwy o lwc yn y pentref drannoeth. Aeth y ddau o ddrws i ddrws a llwyddo i gael llofnodion pawb fu yn y siop y diwrnod cynt. Ond wnaeth Mrs Williams y siop ddim arwyddo.

'Mae'n ddrwg gen i'ch siomi chi, blant,' meddai, 'ond mae'n rhaid i mi fod yn onest hefo chi. Mi fyddai'n dda gen i gael mwy o fusnes i'r siop 'ma.'

Roedd Tili a Gwilym wedi synnu.

'Ro'n i'n meddwl eich bod chi'n licio'r geifr,' meddai Tili.

'Dydw i ddim yn eu drwglicio nhw, ond mae'n rhaid i mi feddwl amdana i fy hun hefyd, cofia. Dydi hi ddim yn hawdd byw ar enillion siop bentre y dyddia hyn.'

'Mae Mam a finna'n prynu pob dim o'r siop 'ma,' meddai Tili.

'Ydach, ond does gennych chi ddim car,' meddai Mrs Williams. 'Mae gan bawb arall gar ac maen nhw'n mynd i Fangor i wneud y rhan fwya o'u neges bob wythnos.'

Gwrthod wnaeth Mr Roberts, perchennog y Llew Du, hefyd. 'Sori, blantos. Gorau po fwya o gwsmeriaid sychedig ddaw i mewn drwy'r drws 'ma, o'm rhan i.'

Ond cawson nhw fwy o lwyddiant yn y caffi, lle'r oedd Catrin y perchennog yn fwy na pharod i daro'i henw ar y ddeiseb, er gwaetha'r ffaith y byddai cwrs golff yn siŵr o ddod â mwy o gwsmeriaid drwy ddrws Y Tebot Bach. Gofynnodd am dudalen i'w chadw ar y cownter er mwyn i'w chwsmeriaid gael ei llofnodi, hyd yn oed y rhai nad oedd yn byw yn yr ardal. Roedd ganddyn nhw hawl i leisio barn hefyd, meddai, gan eu bod nhw'n dod yma i fwynhau llonyddwch cefn gwlad.

Llofnododd Muriel Morris y ddeiseb, ynghyd â'i gŵr – y postmon – a Mr Vaughan, gofalwr yr ysgol, a'i wraig.

Roedd Mrs Gruffydd, y brifathrawes, i ffwrdd ar ei gwyliau hefo'i theulu, ond roedd Mr Vaughan yn meddwl y byddai hi'n siŵr o lofnodi pan ddeuai adref.

Llofnododd pob aelod o deulu Gwilym, o'r ieuengaf, a oedd yn bump oed, i'r hynaf, a oedd yn naw deg wyth. Roedd ei hen nain yn enwedig yn teimlo'n gryf iawn ynghylch y peth. Roedd hi'n cofio gweld y geifr am y tro cyntaf pan oedd hi'n blentyn, a chan mai hi oedd y person hynaf yn y pentref, hi oedd wedi eu hadnabod nhw hiraf. Llanwyd tudalen gyfan o'r ddeiseb ag enwau'r Lewisiaid yn unig, yn ogystal â chyfran helaeth o'r dudalen gyntaf ac arni enwau Tili a'i mam.

Aeth Gwilym a Tili ar ei beics i'r holl dai oedd ar gyrion y pentref, yn benderfynol o gael pawb i lofnodi. Doedd Gelert ddim yn hapus iawn o'u gweld nhw'n nôl eu beics gan fod hynny'n golygu na châi fynd gyda nhw. Allen nhw ddim yn hawdd iawn ei gael o'n rhedeg y tu ôl iddyn nhw ar hyd y lôn fawr; mi fyddai hynny'n llawer rhy beryglus. Felly pan welodd Gelert Gwilym yn gwisgo'i helmed suddodd ei galon a'i gynffon. Gan na chaen nhw fynd i Gaeau'r Afon bellach, yr unig le call i fynd â chi am dro yn yr ardal oedd y goedwig, ond doedd y plant ddim yn cael mynd i'r fan honno heb oedolyn.

Cymerodd hi rai dyddiau iddyn nhw gasglu'r holl enwau. Weithiau, fyddai'r bobl ddim gartre ac roedd yn rhaid iddyn nhw fynd yn ôl wedyn, ond o dipyn i beth roedd y tudalennau'n llenwi. Roedd hi'n amlwg fod mwy o bobl yn erbyn cael cwrs golff nag oedd o'i blaid, a chyn hir roedd ganddyn nhw dros dri chant o enwau.

'Mae hynna'n ardderchog!' meddai mam Tili'n falch.

'Fyddai hi'n syniad i ni lunio deiseb yn gofyn i Mrs Prys beidio â'n taflu ni allan o'r tŷ?' holodd Tili'n frwd.

'Na fyddai!'

'Mae pawb yn deud fod y peth yn warthus . . . '

'Un peth ydi *deud*, peth arall ydi arwyddo deiseb.'

Hyd yn hyn doedd neb wedi ymateb i gerdyn Tili ar hysbysfwrdd y siop, a dywedodd ei mam y byddai'n rhaid iddyn nhw ddechrau chwilio ym Mangor. Doedd Tili ddim yn hapus o gwbwl pan glywodd hi hynny.

'A phaid â deud bod yn rhaid i ni gymryd beth rydan ni'n ei gael,' meddai wrth ei mam.

Yr unig dŷ nad oedd Gwilym a Tili wedi bod iddo hefo'r ddeiseb oedd tŷ Mrs Prys. Roedd Gwilym yn meddwl y dylen nhw ofyn iddi, oherwydd fe allen nhw ei phechu hi petaen nhw'n peidio.

'Dim ots gen i ei phechu hi. Mae hi wedi'n pechu ni!'

'Dwi'n dal i feddwl y dylen ni ofyn iddi,' meddai Gwilym yn styfnig.

'Wnaiff hi ddim arwyddo beth bynnag,' meddai Tili.

'Mi a' i yno fy hun os ydi'n well gen ti.'

Penderfynodd Tili y câi Gwilym ofyn iddi ond y byddai hi'n mynd hefo fo. Doedd hi erioed wedi bod i dŷ Mrs Prys

o'r blaen a doedd
arni ddim eisiau
colli'r cyfle.

Ar eu ffordd i'r
pentref fe welson
nhw Anti Nesta,
ac roedd ganddi
fwy o newyddion
iddyn nhw. Roedd
hi wedi clywed si
eu bod nhw'n mynd i godi gwesty a
chlwb wrth ymyl y cwrs golff, ac ambell
dŷ hyd yn oed.

'Y peth nesa glywn ni mi fyddan
nhw'n codi tre gyfan!' meddai.

'Dydw i ddim yn meddwl y bydd Mrs
Prys yn ffansïo byw mewn tre,' meddai
Tili.

Pan gyrhaeddon nhw giât Mrs Prys,
cododd Gwilym y glicied a cherdded i
fyny'r dreif am y tŷ. Dilynodd Tili ef.
Canodd Gwilym y gloch.

57

Daeth Mrs Prys at y drws. 'Ie?' Doedd hi ddim yn swnio'n gyfeillgar iawn.

Llyncodd Gwilym ei boer a dechrau egluro, ond roedd Mrs Prys eisoes wedi clywed y si. Dywedodd y byddai'n well iddyn nhw ddod i mewn, ac aeth â nhw i'r ystafell ffrynt a gofyn iddyn nhw eistedd. Edrychodd Tili o'i chwmpas. Roedd addurniadau tsieni ar bob silff – bugeiliaid a merched tlws, ac anifeiliaid megis cwningod, gwiwerod, ceffylau, cŵn

a chathod. Ac ar fat
gwyn gwlanog o flaen
y tân gorweddai tair
cath Seiam. Diolch
byth eu bod nhw
wedi gadael Gelert
gartre!

'Mae'r peth yn
warthus,' meddai Mrs Prys.

Doedd Tili a Gwilym ddim yn siŵr
beth oedd yn warthus – y ffaith eu bod
nhw'n mynd i symud y gcifr, 'ta'r
ddeiseb ei hun – felly ddywedon nhw
ddim byd.

'Y geifr druan,' meddai Mrs Prys.
'Mae'n hollol gywilyddus eu bod nhw'n
mynd i'w troi nhw o'u cynefin fel'na.'

'Mi wnewch chi arwyddo'r ddeiseb
felly?' meddai Tili'n obeithiol, er ei bod
hi wedi penderfynu cyn cyrraedd na
fyddai hi'n agor ei cheg.

'Gwnaf siŵr.'

Roedd sbectol Mrs Prys yn hongian ar gadwyn aur o gwmpas ei gwddf. Cododd hi a'i rhoi ar ei thrwyn er mwyn darllen y ddeiseb yn fanwl. Nodiodd i ddangos ei bod yn cytuno â'r hyn roedd y plant wedi ei ysgrifennu ac yna arwyddodd ei henw mewn llawysgrifen gyrliog, grand. Arianrhod Prys. Allai Tili ddim dychmygu neb yn galw'r hen Bry yn 'Arianrhod'.

'Da iawn chi am wneud hyn,' meddai gan roi'r papur yn ôl iddynt. 'Achos teilwng dros ben.'

Rhoddodd ddarn o Turkish Delight yr un iddyn nhw a dymuno pob lwc â'r ddeiseb.

'Dydi hi ddim cynddrwg â hynny wedi'r cwbwl,' meddai Gwilym wrth iddyn nhw gerdded yn ôl i lawr y dreif dan gnoi. Doedd yr un o'r ddau yn rhyw hoff iawn o Turkish Delight ond fe fwytaon nhw fo beth bynnag.

'Heblaw ei bod hi'n mynd i droi Mam a finna allan o'r tŷ,' meddai Tili rhag ofn ei fod wedi anghofio.

'Ond does ganddi ddim dewis, nac oes? Ddim a'i nai hi'n dŵad adre ac isio rhywle i fyw.'

'O, ac rwyt ti'n cymryd ei hochor hi rŵan!'

'Nac ydw, ond mae'n rhaid i ti drio deall ei sefyllfa hi hefyd.'

'Does dim *rhaid* i mi wneud ffasiwn beth!' atebodd Tili'n flin.

'Does dim ots gen ti fod Mam a finna'n mynd i orfod cysgu yn y goedwig. Mae'n iawn i chdi – does 'na neb yn mynd i ddwyn dy gartre di!'

Brasgamodd i ffwrdd oddi wrtho a mynd i mewn i'r tŷ gan glepian y drws ar ei hôl.

'Beth sy'n bod arnat ti?' gofynnodd ei mam yn syn.

'Dydw i ddim isio chwarae hefo Gwilym byth eto!'

Gwenodd ei mam.

'Dydw i *ddim*!'

Ar ôl te daeth Gwilym draw i rif pedwar.

'Beth wyt *ti* isio?' brathodd Tili, a oedd yn dal i gorddi tu mewn.

'Rwyt ti'n dal ar gefn dy geffyl felly?'

Rhythodd arno.

'Meddwl am y ddeiseb o'n i. Fe weithion ni'n galed i gasglu'r holl enwau 'na, ond beth ydan ni'n mynd i'w wneud hefo nhw?'

'Beth wyt ti'n feddwl?' gofynnodd Tili.

'Wel, mae'n rhaid i ni eu rhoi nhw i rywun, 'does?'

'Beth am swyddfeydd y cyngor?'
cynigiodd mam Tili.

'Mae Dad yn deud nad oes neb yn
gwybod i sicrwydd fod Mr Llywelyn

wedi gwerthu'r tir eto,' meddai. 'Mae o'n meddwl ella fod y bobol golff am fod yn siŵr y cân nhw ganiatâd cynllunio cyn iddyn nhw brynu.'

'Mae hynny'n gwneud synnwyr,' meddai mam Tili.

'Ac mae hynny'n golygu . . .' meddai Tili'n araf.

'Mai i Mr Llywelyn y dylen ni roi'r ddeiseb,' meddai Gwilym.

PENNOD 5

Y broblem rŵan oedd na wydden nhw sut i gyflwyno'r ddeiseb i Mr Llywelyn.

'Fe allech chi ofyn i Mr Parri fynd â hi iddo fo,' awgrymodd mam Tili. Dyna'r ateb amlwg yn ei barn hi, ond doedd hi ddim yn adnabod y rheolwr cystal â'r plant.

'Na!' llefodd y ddau gyda'i gilydd.

'Na?'

'Ella na fasa fo'n gwneud hyd yn oed tasa fo'n addo,' meddai Tili.

'Dydach chi ddim yn ei drystio fo?'

'Nac ydan!' Y ddau gyda'i gilydd eto.

'Rydan ni'n meddwl mai fo sydd y tu ôl i'r holl syniad o gael cwrs golff,' eglurodd Gwilym.

'Hefo fo roedd y syrfëwr,' ychwanegodd Tili.

'Wel, beth am y postmon, 'ta?'

Roedd hynny'n swnio'n fwy addawol, felly fe aethon nhw i weld Mr Morris wedi iddo orffen ei rownd.

Roedd y postmon yn fwy na pharod i fynd â'r ddeiseb, ond yna dywedodd, 'Mrs Parri fydd yn cymryd y llythyrau gen i bob amser, cofiwch. Fydda i byth yn gweld Mr Llywelyn.'

Suddodd calonnau'r plant unwaith eto, ac meddai Gwilym, 'Os felly, bydd raid i ni feddwl am ryw gynllun arall.'

'Yr unig ateb hyd y gwela i,' meddai Tili wrth iddyn nhw droi am adref, 'ydi i ni fynd â'r ddeiseb iddo fo ein hunain.'

'Haws deud na gwneud!'

Fyddai dim diben iddyn nhw guro ar ddrws y tŷ oherwydd Mrs Parri fyddai'n eu hateb, a bu'r ddau'n pendroni dros y broblem am rai dyddiau.

Yna, a hwythau'n dal heb gael unrhyw oleuni ar y mater, bu'n rhaid i Gwilym fynd gyda'i fam i ymweld â pherthnasau yn Llangefni. Gadawyd Tili'n cicio'i sodlau gartre, gan fod ei ffrindiau eraill, Lowri ac Elin, i ffwrdd ar eu gwyliau.

'Maen nhw wedi mynd i Disney Land,' cwynodd. 'Lwcus, 'ta be!'

'Pam na feddyli di am rywbeth i'w wneud?' meddai ei mam. 'Does gen ti ddim byd i'w ddarllen?'

'Dwi wedi gorffen darllen fy llyfrau llyfrgell.' Doedd dim llyfrgell yn y pentref ei hun. Byddai fan lyfrgell yn dod draw ond doedd dim lle ynddi i lawer o lyfrau. Roedd Tili'n darllen yn gyflym – yn rhy gyflym yn ôl ei mam. Roedd ei mam wedi cael llond bol ar ei gweld yn darllen brawddeg olaf llyfr, yn cau'r clawr ac yn dechrau cwyno yn syth wedyn nad oedd ganddi ddim byd i'w ddarllen.

'Mae'n rhaid fod 'na *rywbeth* y galli di ei wneud. Beth am baentio llun ar gyfer yr eisteddfod?'

'Mae Gwilym wedi gwneud hynny ac mae o'n siŵr o ennill. Mae o wedi tynnu llun y frân goesgoch.' Roedd o wedi anfon y llun i mewn yn barod.

'Mi allet ti drio hefyd.'

Aeth Tili i fyny i'r llofft. Oherwydd nad oedd ganddi ddim byd gwell i'w wneud aeth i estyn y bocs paent a'r brwsys. Doedd hi ddim wedi defnyddio llawer arnyn nhw. Doedd hi ddim yn dda iawn am dynnu lluniau. Ond wrth feddwl am y teitl 'Rhywogaeth sydd dan fygythiad' fe gafodd syniad. Roedd y geifr dan fygythiad. Efallai na fydden nhw'n byw petaen nhw'n cael eu symud. Mae'n bosib na fydden nhw'n cymryd at eu cynefin newydd. Aeth ati i lenwi hen bot jam â dŵr o'r stafell ymolchi.

Roedd hi'n mynd i baentio llun y geifr. Allai hi ddim gwneud yr un fath â Gwilym a phaentio pob manylyn, ond fe allai baentio llun y geifr yn rhedeg yn rhydd, yn un rhes hir, ar hyd y llethrau.

Aeth i stafell ei mam a benthyg y sbienddrych. Gallai weld y geifr. Doedden nhw ddim yn rhedeg heddiw, dim ond yn pori'n dawel. Ond gallai eu gweld nhw'n rhedeg yn ei dychymyg.

Treuliodd y ddwyawr nesaf yn meddwl am y geifr. Wrth baentio fe lwyddodd i anghofio am bob dim arall.

Pan aeth hi i lawr y grisiau ymhen hir a hwyr, gofynnodd ei mam beth ar y ddaear roedd hi wedi bod yn ei wneud.

'Paentio llun, fel dwedaist ti.' Ond ddywedodd Tili ddim beth oedd yn y llun. Roedd arni eisiau cadw hynny'n gyfrinach am y tro. Efallai nad oedd y llun yn ddigon da ac mae'n bosib ei bod yn rhy hwyr iddi ei yrru i'r eisteddfod beth bynnag.

Y bore wedyn, daeth Gwilym draw. Fe aethon nhw â Gelert ar hyd y lôn fawr i'r pentref. Roedd Gwilym yn nôl neges i'w fam ac roedd Tili'n mynd i brynu papur newydd er mwyn i'w mam chwilio am dai rhent yn y dref. Wrth iddyn nhw gamu i mewn i'r siop, fe gawson nhw'u synnu o weld Mrs Parri yn prynu wrth y cownter. Doedd hi ddim yn dod i'r pentref yn aml. Ffonio'r siop hefo'i neges fyddai hi fel arfer ac wedyn gyrru ei gŵr i'w gasglu.

Ond heddiw roedd hi yno, yn gwisgo siwt binc golau grand â blodyn yn y twll botwm ac esgidiau sawdl uchel blaen pigog am ei thraed. Roedd hi wrthi'n siarad hefo Mrs Williams.

'Nith y gŵr, wyddoch chi. Mae hi'n priodi rheolwr banc,' broliodd. 'Yng Nghaerdydd mae'r briodas.'

Edrychodd Tili a Gwilym ar ei gilydd mewn cynnwrf.

'Diwrnod braf i briodi hefyd,' meddai Mrs Williams.

Canodd corn car y tu allan i'r siop.

'W, Bert ydi hwnna dwi'n siŵr,' meddai Mrs Parri. 'Faint sydd arna i, Mrs Williams?'

'Deg punt pum deg.'

Talodd Mrs Parri ac estynnodd Mrs Williams fag o nwyddau iddi dros y cownter. Canodd corn y car eto.

'Mwynhewch!' meddai Mrs Williams.

Cerddodd Mrs Parri allan a'i sodlau uchel yn clepian gyda phob cam. Edrychai'r esgidiau braidd yn fawr iddi ac roedd yn rhaid iddi fod yn ofalus iawn wrth gerdded. Gwyliodd Tili a Gwilym hi'n mynd i mewn i'r Range Rover at ei gŵr a'r ddau yn cychwyn am y briodas yng Nghaerdydd. Trodd y ddau i edrych ar ei gilydd eto gan wenu. Roedd Mr a Mrs Parri ar eu ffordd i briodas yng Nghaerdydd! Fydden nhw ddim yn ôl cyn nos y man cyntaf.

Talodd Gwilym am neges ei fam a phrynodd Tili'r papur newydd a mynd â'r cyfan adref. Am unwaith roedd hi'n saff iddyn nhw fynd ar hyd llwybr Caeau'r Afon. Byddai hynny'n arbed amser. Dringodd y ddau dros y giât a gwthiodd Gelert ei hun drwy'r bariau. Gollyngodd Gwilym y ci oddi ar y tennyn a dechreuodd Gelert redeg fel peth gwyllt, wrth ei fodd yn cael bod yn rhydd.

Pan gyrhaeddon nhw'r lôn fawr yr ochr arall i Gaeau'r Afon doedd Gelert ddim am adael a chafodd Gwilym dipyn o drafferth i'w roi yn ôl ar y tennyn. Ond doedd dim amser i'w golli. Roedd ganddyn nhw orchwyl pwysig i'w wneud ac allen nhw ddim mynd â Gelert hefo nhw.

Aeth Tili i nôl y ddeiseb o'r tŷ a gwelodd ffôn symudol ei mam ar fwrdd y gegin. Gwthiodd y ffôn i'w phoced heb ddweud dim wrth ei mam na dweud ble roedd hi'n mynd.

'Syniad da oedd dŵad â'r ffôn,' meddai

Gwilym wrth iddyn nhw gychwyn ar hyd y lôn fawr i'r cyfeiriad arall.

Doedd giât yr hen dŷ ddim yn bell iawn o Dai'r Afon. Wrth y giât hefyd roedd y porthdy lle roedd Mr a Mrs Parri'n byw. Doedd neb gartre heddiw heblaw am y daeargi a daeth hwnnw i'r

ffenest i gyfarth yn wyllt wrth iddyn nhw fynd heibio. Tynnodd Tili stumiau arno, yn gwybod ei bod yn ddigon diogel.

Roedd y dreif yn gwau ei ffordd o gwmpas llwyni rhododendron uchel. Roedd ambell glwstwr o binc a phiws i'w weld ar y canghennau o hyd er ei bod yn hwyr yn y flwyddyn iddynt. O'r diwedd, daethant i olwg y tŷ.

Arafodd y plant ryw ychydig. Roedd y tŷ mor fawr ac mor uchel gyda chynifer

o ffenestri nes ei fod yn codi ofn arnynt braidd. Aethon nhw rownd at y drws cefn a cheisiodd Gwilym ei agor. Roedd o wedi'i gloi. Ddylen nhw drio canu'r gloch?

'Dydw i ddim yn meddwl y daw Mr Llywelyn i'w ateb,' meddai Gwilym.

Canodd Tili y gloch beth bynnag, ond ddigwyddodd dim byd.

'Ella nad ydi o'n gallu clywed,' awgrymodd Gwilym. 'Ella mai dim ond yng nghefn y tŷ mae'r gloch yn canu.'

'Mi fydda'n well i ni drio'r drws ffrynt 'ta,' meddai Tili.

Aethon nhw'n ôl rownd y tŷ a dringo saith gris i gyrraedd y drws ffrynt mawr.

'Mae'n siŵr nad oes neb wedi bod drwyddo fo ers blynyddoedd,' meddai Gwilym.

Roedd pen llew pres ar y drws. Gafaelodd Tili ynddo a chnocio sawl gwaith. Yna fe gododd fflap y twll llythyrau a cheisio edrych drwyddo, ond welai hi ddim byd ond tywyllwch.

'Dwi'n meddwl ei fod o wedi marw,' meddai gan droi at ei ffrind.

'Mae'n rhaid ei fod yn dal yn fyw os ydi o'n gwerthu'r tir,' meddai Gwilym.

Ceisiodd yntau gnocio, ond eto, doedd dim atcb.

Aethon nhw'n ôl i lawr y grisiau ac i'r lawnt er mwyn cael gwell golwg ar y tŷ.

'Sbia!' sibrydodd Tili. 'Mae 'na wyneb

yn y ffenest acw.' Pwyntiodd. 'Wyt ti'n gallu ei weld o? I fyny'r grisiau.'

Gwelodd Gwilym yr wyneb hefyd.

'Dyn ydi o,' meddai Tili. 'Hen ddyn. Mae'n rhaid mai Mr Llywelyn ydi o.' Cododd ei llaw.

A chododd yr hen ddyn ei law yn ôl arni.

PENNOD 6

Agorodd yr hen ŵr y ffenest a gwthiodd ei ben allan. Roedd ei wallt yn wyn ac yn denau ac roedd smotiau brown ar ei dalcen. Roedd o'n edrych yn hen iawn.

'Sut ydach chi?' galwodd. Roedd ei lais yn wan a phrin roedd y plant yn gallu ei glywed.

'Iawn, diolch. Sut ydach chi?' gwaeddodd Tili'n ôl. 'Mr Llywelyn ydach chi?' gofynnodd wedyn.

'Ia wir.'

'Rydan ni wedi dŵad i'ch gweld chi.'

'I 'ngweld i?'

'Ia, i'ch gweld chi.'

Crafodd yr hen ŵr ei ben.

Wel, wrth gwrs, doedd neb byth yn dod i'w weld ac felly mae'n rhaid bod hyn yn dipyn o sioc iddo.

'Pwy ydach chi?'

'Tili Trotwood a Gwilym Lewis.'

'Ydw i'n eich 'nabod chi?'

'Rydan ni'n byw yn Nhai'r Afon.'

'Tai'r Afon?'

Dechreuodd Gwilym boeni y byddai'r  sgwrs yn mynd ymlaen fel hyn am oriau ac felly gofynnodd, mor gwrtais ag y gallai, 'Ydach chi'n meddwl y bydda hi'n iawn i ni ddŵad i mewn i'ch gweld chi?'

'Dŵad i mewn? O . . . ymm . . . wn i ddim am hynny . . . '

'Mae'n rhaid i ni siarad hefo chi. Am rywbeth pwysig,' meddai Gwilym.

'Dydan ni ddim yn mynd i ymosod arnoch chi na dim byd felly,' addawodd Tili.

'Sut medra i fod yn siŵr? Rydach chi'n darllen am y petha 'ma'n digwydd . . .'

'Isio siarad am y geifr rydan ni,' meddai Tili.

'Y geifr? Y geifr gwyllt ydach chi'n feddwl?'

'Maen nhw isio gwneud cwrs golff,' meddai Gwilym.

'A chael gwared ar y geifr,' ychwanegodd Tili.

Ddywedodd Mr Llywelyn ddim. Roedd yn syllu i gyfeiriad y llethrau a'i dalcen wedi crychu i gyd. Efallai mai edrych ar y geifr roedd o, ond mae'n siŵr nad oedd ei olwg yn ddigon da i weld mor bell â hynny.

'Dwi'n meddwl ein bod ni wedi ei

fwydro fo,' meddai Gwilym yn dawel. 'Mae fy hen nain i'n mynd fel 'na weithiau. Mae o tua'r un oed â hi.'

'Beth rydan ni'n mynd i'w wneud?' gofynnodd Tili. 'Allwn ni ddim sefyll fan hyn yn gweiddi am y ddeiseb ac am Mr Parri a'r syrfëwr a phob dim.'

'Mi alla rhywun ein clywed ni o'r caeau. Dydan ni ddim isio tynnu sylw.'

Yn sicr, doedd arnyn nhw ddim eisiau i neb wybod. Byddai mam Tili'n wyllt pe byddai'n ei gweld hi'n gwneud hyn. A phe gwyddai fod ei merch yn meddwl mynd i mewn i'r hen dŷ byddai'n siŵr o gael ffit. Ond roedd Tili'n siŵr fod yr hen ddyn yma'n ddigon saff. Fydden nhw ddim yn breuddwydio mynd i mewn pe byddai Mr a Mrs Parri o gwmpas.

Cododd ei phen unwaith eto i edrych ar Mr Llywelyn. 'Mi fyddwch chi'n ddigon saff, wir yr.'

Doedd Mr Llywelyn ddim yn ymddangos yn rhy siŵr. 'Mae Mr Parri wedi deud wrtha i am beidio â gadael neb i mewn. Mae'r pentre'n llawn lladron.'

'Mae Mr Parri'n deud celwydd,' meddai Tili'n syml.

Syllodd Mr Llywelyn arni. 'Dal di dy dafod, 'ngeneth i.'

'Mae'n wir,' meddai Gwilym.

'Ond pobol y pentra dorrodd i mewn a dwyn y llestri arian.'

'Pryd oedd hynny?' gofynnodd Gwilym.

'Ddim llawer iawn yn ôl.'

Doedd y plant ddim wedi clywed unrhyw beth am ladrad yn yr hen dŷ.

'Rydan ni'n meddwl bod Mr Parri'n trio gwerthu Caeau'r Afon i bobol sydd isio creu cwrs golff,' meddai Tili.

'Wel, all o ddim gwneud hynny. Mi fydda angen i mi lofnodi,' meddai Mr

Llywelyn. Yna dechreuodd wgu fel pe bai rhywbeth ar ei feddwl. 'Wel, wn i ddim . . . ' meddai wedyn, yn llai sicr ohono'i hun.

'Gawn ni ddŵad i mewn i siarad hefo chi?' gofynnodd Tili. 'Mae gennym ni ddeiseb i'w dangos i chi, wedi'i harwyddo gan bobol y pentre.'

Roedd yr hen ŵr yn amlwg rhwng dau feddwl. Daliodd Tili a Gwilym eu hanadl. Roedd yn rhaid iddo'u gadael nhw i mewn. Fyddai dim cyfle fel hyn eto. Nid bob wythnos roedd Mr a Mrs Parri yn mynd i briodas yng Nghaerdydd.

'Yr unig broblem,' meddai Mr Llywelyn, 'ydi na fedra i agor y drws i chi. Rydw i mewn cadair olwyn, welwch chi, a fedra i ddim dŵad i lawr y grisiau.'

Dyna siom.

'Ewch i weld a oes 'na ffenest ar agor yn rhywle.'

'Ymm . . .' Roedd Gwilym braidd yn betrus.

'Fi sy'n rhoi caniatâd i chi. Fi sydd piau'r tŷ.'

'O'r gora,' meddai Tili.

Aeth y ddau o amgylch y tŷ gan edrych ar bob ffenest. Roedd pob un ar glo.

'Dim un,' meddai Gwilym wrth Mr Llywelyn wedi iddyn nhw drio pob un.

'O diar,' meddai'r hen ŵr.

'Fedrwch chi ddim taflu goriad i ni?' cynigiodd Tili.

'Na fedra, yn anffodus. Mae Mrs Parri'n eu cadw nhw mewn cwpwrdd yn y gegin.' Gwthiodd Mr Llywelyn ei ben allan rywfaint yn bellach ac edrych ar y wal oddi tano. Yna, edrychodd ar Gwilym. 'Mae 'na beipen fan hyn, fachgen.'

'Mi fedrwn i ddringo i fyny honna,' meddai Gwilym yn frwd.

'Wyt ti'n siŵr? Dwi ddim isio i ti syrthio a thorri dy gefn chwaith. Mi fydda hynny'n ofnadwy.'

'Wna i ddim, dwi'n addo.'

'Mae Gwilym yn wych am ddringo coed,' meddai Tili. 'Fo achubodd gath y gweinidog o ben coeden.'

'Wel, o'r gora. Mae'r beipen 'na'n mynd at y stafell ymolchi felly mi a' i yno i agor y ffenest i ti, Gwilym. Paid â chychwyn nes bydda i wedi cyrraedd.'

Mi gymerodd amser i ben yr hen ŵr ymddangos yn ffenest y stafell ymolchi. Roedd Tili a Gwilym wedi dechrau mynd yn nerfus. Ond roeddan nhw'n sylweddoli bod rhaid iddo lywio'i gadair olwyn o gwmpas yr holl gorneli yn y tŷ ac yna ymdrechu i agor yr hen ffenest. Ond fe lwyddodd o'r diwedd.

'O'r gora, fachgen.'

Rhoddodd Gwilym ei droed dde mor uchel ag y gallai ar y beipen a dechrau ei dynnu ei hun i fyny. Chymerodd hi fawr o amser iddo gyrraedd sil ffenest y stafell ymolchi a dringo i mewn. Gwthiodd ei ben yn ôl allan.

'Mi ddo' i lawr i agor y drws ffrynt i ti,' meddai wrth Tili.

Arhosodd Tili amdano a'i chalon yn ei gwddf. Clywodd sŵn traed, allwedd yn troi, bolltau'n ysgwyd, ac yna dyma'r drws mawr yn agor dan rincian.

'Tyrd i mewn,' meddai Gwilym.

Camodd Tili i mewn i'r cyntedd tywyll a chaeodd Gwilym y drws a'i gloi ar ei hôl.

PENNOD 7

O dipyn i beth dechreuodd llygaid Tili ddod i arfer â'r golau gwan. O'i blaen roedd grisiau mawr llydan a lluniau mewn fframiau aur yn hongian ar y waliau bob ochr. Lluniau tywyll oedden nhw a phob un yn bortread o bobl erstalwm. Mae'n siŵr mai cyndeidiau Mr Llywelyn oedden nhw.

Eisteddai Mr Llywelyn ar ben y grisiau yn ei gadair olwyn.

'Croeso i Lys Llywelyn! Dewch i fyny.' Roedd ganddo lais boneddigaidd iawn.

Dechreuodd Tili a Gwilym ddringo'r grisiau yn araf ac yn barchus. Fyddai hi ddim yn iawn iddyn nhw redeg mewn lle fel hwn.

Pan gyrhaeddon nhw at ochr Mr Llywelyn, cynigiodd yr hen ŵr ei law i Tili a dweud, 'Mae'n dda iawn gen i dy gyfarfod di, Tili.' Roedd ei law yn teimlo'n oer ac fel papur.

Ddywedodd Tili ddim byd. Doedd hi ddim yn gallu meddwl am ddim byd i'w ddweud – peth anarferol iddi hi.

'Dewch y ffordd 'ma,' meddai Mr Llywelyn wedyn. Aeth o'u blaenau yn ei gadair olwyn, i lawr coridor hir. Trodd i mewn i stafell lle roedd dwy

soffa a chadeiriau mawr, a desg hen
ffasiwn o dan y ffenest. A dwcud y gwir,
roedd popeth yn y stafell yn hen ffasiwn
ac roedd y ddwy soffa a'r cadeiriau wedi
colli eu lliw.

'Eisteddwch.'

Eisteddodd Tili a Gwilym ar y soffa
agosaf gan suddo i mewn i'r deunydd
meddal. Wrth iddyn nhw wneud hynny,
cododd cwmwl o lwch. Mae'n rhaid nad
oedd Mrs Parri'n glanhau'n dda iawn.

Doedd Mr Llywelyn ddim yn gallu gweld yn ddigon da i sylwi wrth gwrs.

'Felly, beth oeddech chi'n ei ddeud am y geifr?'

'Maen nhw isio eu symud nhw oddi ar y llethrau er mwyn gwneud cwrs golff yno,' meddai Gwilym.

'Ond fi sy berchen y tir,' meddai Mr Llywelyn gan grychu ei dalcen. 'Dwi'n siŵr o hynny. Wel, dwi'n meddwl 'mod i'n siŵr . . .'

'Chi *sydd* berchen y tir,' pwysleisiodd Tili. 'Os nad ydach chi wedi'i werthu fo.'

'Pam faswn i'n gwneud peth felly?'

'I gael pres?'

'I beth faswn i isio pres yn fy oed i? Mae gen i ddigon i 'nghadw i.'

'Mae Mr Parri fel 'tai o'n meddwl eich bod chi'n gwerthu,' meddai Gwilym.

'Mr Parri, rheolwr y stad?' Roedd Mr Llywelyn wedi ffwndro'n llwyr erbyn hyn.

'Roedd 'na ddyn yma hefo fo yn mesur y tir,' meddai Tili gan siarad yn gyflym. Roedd yn rhaid iddi ddangos i'r hen ŵr pa mor ddifrifol oedd hyn. 'Syrfëwr. Mi welson ni o ein hunain.'

'Mae hyn i gyd yn rhyfedd iawn. Mi fydd yn rhaid i mi gael gair hefo Mr Parri.'

'Dydw i ddim yn meddwl bod hynny'n syniad da,' meddai Tili.

'Nac wyt? Pam? Mr Parri sy'n gofalu am faterion y stad i mi.'

Aeth Tili a Gwilym yn ddistaw am funud. Roedden nhw am drafod hefo'i gilydd beth i'w ddweud wrth Mr Llywelyn, ond mi fyddai'n ddigywilydd iddyn nhw ddechrau sibrwd o'i flaen o. Roedd hyn yn anodd. Oedden nhw'n mynd i ddweud wrtho eu bod nhw'n meddwl bod rheolwr y stad yn ei dwyllo?

'Mi ga' i air hefo Mrs Parri,' meddai'r hen ŵr gan droi at gloch ar y wal a'i phwyso.

'Dydi Mrs Parri ddim yma,' meddai Tili. 'Maen nhw wedi mynd i briodas yng Nghaerdydd.'

'O, do hefyd. Dwi'n cofio rŵan.'

Edrychai Mr Llywelyn fel petai'n meddwl yn galed. 'Mae hi wedi gadael bwyd oer i mi yn y stafell drws nesa. Dwi'n bwyta a phob dim i fyny'r grisiau erbyn hyn. Lot haws, popeth ar yr un llawr.'

Dechreuodd ddweud wrthyn nhw sut roedd pob stafell wedi gorfod cael ei newid ar gyfer ei gadair olwyn. Am funud, roedd fel petai wedi anghofio popeth am y geifr ac am y cwrs golff. Roedd yn rhaid iddyn nhw ei atgoffa am y pwnc.

'Dydach chi ddim isio gwerthu'r tir felly?' gofynnodd Gwilym.

'Gwerthu'r tir? Nac ydw i.'

'Na symud y geifr?'

'Nac ydw wir. Dwi'n reit hoff o'r geifr.'

'Mae gennym ni ddeiseb fan hyn,' meddai Tili. 'Mae dros dri chant o bobol wedi'i harwyddo hi – pawb yn erbyn y syniad o symud y geifr.'

'Tri chant o bobol? Bobol bach!'

'Fasech chi'n licio'i gweld hi?' Estynnodd Tili'r papurau iddo.

'Baswn wir, ond fedra i mo'i darllen hi. Mi dorrodd fy sbectol i wythnos neu ddwy yn ôl ac roedd yn rhaid i Mr Parri fynd â hi at optegydd yn y dre i gael ei thrwsio.'

'Ac mae hynny wedi cymryd pythefnos?' Roedd rhywbeth yn od am hynny. Pan dorrodd sbectol taid Gwilym roedd yr optegydd wedi ei thrwsio hi erbyn y diwrnod wedyn.

'Mwy na hynny, o bosib,' meddai Mr Llywelyn. 'Mae'n niwsans ofnadwy bod heb sbectol. Fedra i ddim darllen y papur hyd yn oed.'

'Mr Llywelyn,' meddai Gwilym, 'ydach chi wedi llofnodi rhywbeth yn ddiweddar?'

'Meddyliwch yn galed,' meddai Tili.

'Gadewch i mi feddwl . . . Wel, roedd ffurflen treth y cyngor . . . neu rywbeth felly. Dydw i ddim yn gwybod beth ydi hanner y papurau sy'n dŵad i'r tŷ 'ma. Mae Mr Parri'n dda iawn fel'na. Mae o'n deall pob dim. Arbed trafferth i mi.'

'Welsoch chi'r geiriau "Treth y Cyngor" ar y papur?' holodd Gwilym.

'Wel naddo, fachgen. Sut medrwn i, a minna heb fy sbectol? Mr Parri ddeudodd wrtha i lle roedd isio i mi arwyddo. Roedd 'na dyst yma hefyd. Twrnai o Gaer. Neu o Lerpwl? Dydw i ddim yn cofio'n iawn. Dyn digon clên.'

Edrychodd Tili a Gwilym ar ei gilydd mewn braw. Sut yn y byd roedd perswadio Mr Llywelyn na ddylai drystio'r rheolwr? Doedd ganddyn nhw ddim tystiolaeth ar wahân i'r hyn roedden nhw wedi'i ddweud wrtho'n barod, ac mae'n siŵr nad oedd y papur yn dal yn y tŷ.

'Oes gennych chi blant?' gofynnodd Tili, gan feddwl y byddai'n haws egluro'r peth iddyn nhw.

'Plant? Nac oes. Wnes i erioed briodi.'

'Rhywun sy'n perthyn i chi?'

'Mae cefnder pell i mi yn byw yn Awstralia. Cedric. Dydw i ddim wedi'i weld o ers blynyddoedd. Fo gaiff yr hen le 'ma ar fy ôl i. Neu ei fab o fel arall.'

'Ac mae hynny yn eich ewyllys chi?' gofynnodd Tili.

'O, ydi. Popeth wedi'i arwyddo. Mae

popeth yn mynd i Cedric heblaw am rywfaint o bres. Ro'n i'n meddwl y dylwn i adael rhywbeth bach i Mr a Mrs Parri a nhwytha wedi bod cystal wrtha i.'

Ochneidiodd Tili a Gwilym. Doedd eu cynllun ddim yn gweithio ac roedd hi'n dechrau mynd yn hwyr. Byddai eu mamau yn dechrau poeni amdanyn nhw. Tybiodd Tili y byddai'n well iddi ffonio ei mam hefo'r ffôn symudol, ond wedyn byddai'n rhaid iddi ddweud lle roedden nhw. Ac mi fyddai ei mam yma cyn iddyn nhw droi.

Penderfynodd Gwilym fod rhaid iddyn nhw fod yn onest. 'Rydan ni'n meddwl bod Mr Parri yn eich twyllo chi, Mr Llywelyn. Pan wnaethoch chi arwyddo'r ddogfen honno, dwi'n siŵr mai cytuno i werthu'r tir roeddech chi.'

'Mae hynny'n gyhuddiad difrifol ofnadwy, fachgen,' meddai Mr Llywelyn. 'Fedra i ddim credu y bydda Mr Parri'n gwneud peth felly. Ffurflen Treth Incwm oedd hi.'

'Treth y Cyngor ddeudsoch chi gynna,' meddai Tili.

'Treth y Cyngor, Treth Incwm, wn i ddim. Dwi'n ffwndro braidd.'

'Braidd!' meddyliodd Tili wrthi'i hun.

'Oes gennych chi dystiolaeth?' gofynnodd Mr Llywelyn.

'I brofi'r peth rydach chi'n ei feddwl?' gofynnodd Tili.

'Ia.'

Doedd ganddyn nhw ddim byd i'w ddweud.

'Ddylech chi ddim deud pethau fel hyn heb fod gennych chi brawf,' meddai Mr Llywelyn. 'Mae gen i bob ffydd yn Mr a Mrs Parri. Maen nhw wedi bod yma ers blynyddoedd.'

'Wel, mi fasa'n well i ni fynd 'ta,' mwmialodd Gwilym yn siomedig.

Cododd y ddau ar eu traed.

'Dewch i 'ngweld i rywdro eto,' gwahoddodd Mr Llywelyn. 'Dewch am de. Mae Mrs Parri'n gwneud cacennau sbwnj ardderchog. Rhai ysgafn, a jam yn y canol. Ble ddeudsoch chi rydach chi'n byw?'

'Yn Nhai'r Afon,' atebodd Tili. Roedd hi'n gwybod na fyddai Mrs Parri byth yn gwneud te iddyn nhw, yn enwedig pe byddai Mr Llywelyn yn sôn wrthi am yr hyn roedden nhw wedi'i ddweud. Ond mae'n siŵr y byddai o'n anghofio beth bynnag.

Roedden nhw wrthi'n troi am y drws pan glywson nhw sŵn i lawr y grisiau. Rhewodd y ddau. Doedd bosib mai Mr a Mrs Parri oedd yno? Roedden nhw i fod yng Nghaerdydd.

PENNOD 8

Roedd Mr a Mrs Parri wedi mynd cyn belled â Dolgellau pan dorrodd y Range Rover. Y gasged wedi chwythu. Bu'n rhaid iddyn nhw ffonio garej a chael eu tywys yn ôl i Gaernarfon. Erbyn hynny, roedd hi'n rhy hwyr iddyn nhw fynd i'r briodas, er bod y garej wedi cynnig benthyg car iddyn nhw. Roedd Mrs Parri'n flin iawn hefo'i gŵr, er nad arno fo roedd y bai i gyd. Roedd hi wedi gwario ar ddillad newydd a châi hi mo'u gwisgo nhw yn y diwedd.

Roedd hi'n dal yn flin pan gyrhaeddon nhw'n ôl i Lys Llywelyn. 'Mi ddeudais i wrthat ti wythnosau'n ôl 'mod i wedi clywed rhyw sŵn rhyfedd yn yr injan. Mi ddylet ti fod wedi gwneud rhywbeth am y peth.'

'Dwi wedi bod yn brysur.'

'Do, yn ponsio hefo'r hen ddyn golff 'na!'

'Wn i ddim pam wyt ti'n cwyno am hynny. Rydan ni'n mynd i wneud arian da o'r peth. Digon i fynd â ni'n bell o'r lle 'ma.'

Safai Gwilym ar y landin a'i galon yn ei wddf. Dyna biti na fedrai Mr Llywelyn glywed yn well. Mi fyddai wedi clywed Mr Parri'n cyfaddef mwy neu lai.

Doedd gan Gwilym ddim syniad sut roedden nhw'n mynd i ddod allan o hyn. Roedd ei galon yn dyrnu. Gallai ei chlywed yn curo'n uchel. Unrhyw funud rŵan mi fyddai Mr neu Mrs Parri'n dŵad

i fyny'r grisiau. Ac yn ei weld o! Roedd
arno ofn symud blaen ei droed rhag i'r
llawr wichian. Roedd Tili yn sefyll wrth
ymyl drws stafell Mr Llywelyn a'i llygaid
fel soseri.

Roedd Mr a Mrs Parri'n dal i ddadlau
ac yn gwneud tipyn o sŵn. Mentrodd
Gwilym sibrwd.

'Ffôn,' meddai.

Nodiodd Tili a cherdded ar flaenau ei thraed yn ôl i'r stafell. Caeodd y drws mor ddistaw ag y gallai. Pwysodd ei chefn arno a thynnu'r ffôn o'i phoced.

'Beth wyt ti'n ei wneud, 'mechan i?' gofynnodd yr hen ŵr.

'Ffonio Mam.' Chwiliodd am rif eu cartref. Roedd ei bysedd yn crynu gymaint fel y bu'n rhaid iddi ei wneud ddwywaith. 'Helô, Mam. Fi sy 'ma, Tili,' meddai gan faglu dros y geiriau. 'Gwranda, rydan ni angen dy help di. Mae Gwilym a fi yn yr hen dŷ. Ia, Llys Llywelyn. Ac mae Mr a Mrs Parri wedi dŵad adre. Tyrd i'n helpu ni. Rŵan hyn. Plîs.'

Clywodd y rheolwr a'i wraig y drws yn cau. Daethant i fyny'r grisiau ar garlam a gweld Gwilym ar y landin. Cydiodd Mr Parri ynddo'n wyllt. 'Beth wyt ti'n ei wneud fan hyn? Sut dest ti i mewn?'

'Mr Llywelyn,' meddai Gwilym mewn llais bach.

'Beth am Mr Llywelyn?' gofynnodd Mrs Parri ac agor y drws. Yno roedd Mr Llywelyn yn ei gadair olwyn a Tili'n sefyll yn ei ymyl. Gwthiodd Mr Parri Gwilym i mewn i'r stafell atyn nhw.

'Dŵad yma i ddwyn oddi ar hen ŵr wnaethoch chi, yntê?' meddai Mrs Parri. 'Unwaith roedden ni wedi troi'n cefnau. Maen nhw'n deud bod plant yn dechrau'n ifanc y dyddiau hyn. Rydach chi'n darllen am y pethau 'ma yn y papur ond dydach chi ddim yn disgwyl iddyn nhw ddigwydd ar stepen eich drws eich hun chwaith.'

'Sut gwnaethoch chi dorri i mewn?' mynnodd Mr Parri.

'Mr Llywelyn wnaeth ein gwadd ni i mewn,' atebodd Tili.

'Paid â'u deud nhw!'

'Mae hynny'n hollol wir,' meddai Mr Llywelyn.

'Fedrech chi ddim agor drws iddyn nhw.'

'Fe ddringodd Gwilym 'ma i fyny'r beipen i'r stafell ymolchi. Coblyn o ddringwr ydi o hefyd.'

'Torri i mewn ydi peth felly. Dwi'n meddwl y dylen ni alw'r heddlu.'

'Dim torri i mewn ydi o os ydach chi wedi'ch gwahodd i wneud,' dadleuodd Gwilym.

'A phwy sy'n mynd i gredu'r hen ddyn?' meddai Mrs Parri'n sbeitlyd. 'Mae o wedi ffwndro'n lân.'

'Tydi o ddim!' gwaeddodd Tili, a'i llygaid yn disgleirio'n wyllt. 'Dim ond bod *rhai pobol* yn trio *gwneud* iddo fo ffwndro!'

'Beth ddaeth â chi yma yn y lle cynta?' gofynnodd Mr Parri'n gas.

'Dŵad i ddeud wrth Mr Llywelyn eich bod chi'n trio'i dwyllo fo.'

'Felly wir?' Gollyngodd Mr Parri ei

afael yn Gwilym a symud yn fygythiol tuag at Tili. 'A pham oeddech chi isio deud rhywbeth gwirion felly wrtho fo?'

'Am eich bod chi'n trio gwerthu Caeau'r Afon heb ddeud wrtho fo. Mae hynny'n drosedd, yn ôl be dwi'n ei ddeall.'

'Dwyt ti'n deall dim!'

Roedd Tili'n crynu. Rŵan bod wyneb Mr Parri bron â bod yn ei hwyneb hi, gallai weld dyn mor ofnadwy oedd o. Roedd ganddo lygaid creulon.

'Ond mae ganddi hi bwynt, Mr Parri,' meddai'r hen ŵr o'i gadair olwyn. 'Beth am y ffurflen 'na roesoch chi i mi i'w llofnodi?'

'Cadwch chi allan o hyn, Mr Llywelyn. Peidiwch â thrafferthu'ch pen hefo'r peth. Mi ddeliwn ni hefo'r plant 'ma.' Trodd Mr Parri at ei wraig a dweud, 'Beth am i ti fynd â Mr Llywelyn i'w wely, cariad? Ella y basa tabled fach yn help iddo fo gysgu.'

'Cysgu? Dydw i ddim yn teimlo fel

cysgu,' protestiodd Mr Llywelyn, ond roedd Mrs Parri eisoes wedi gafael yn y gadair olwyn.

'Na, dydi o ddim isio mynd i'w wely.' Safodd Gwilym o flaen y drws i'w hatal.

'Chwilio am drwbwl, wyt?' gofynnodd Mr Parri, a'i lais yn mynd yn fwy bygythiol fyth. 'Gwylia di dy hun.'

'Pam na ffoniwch chi'r heddlu?' gofynnodd Tili. 'Deudwch wrthyn nhw ein bod ni wedi torri i mewn os liciwch chi.'

'Mi fedrwn ni ddelio hefo hyn ein hunain. Cer â Mr Llywelyn i'w wely, cariad,' meddai wrth ei wraig eto.

'Na!' gwaeddodd Tili a Gwilym hefo'i gilydd.

'Does neb yn deud "na" wrtha i,' meddai Mr Parri. 'Rŵan, deudwch chi'ch dau ei bod hi'n ddrwg gennych chi. A deudwch wrth Mr Llywelyn eich bod chi wedi bod yn palu celwyddau. Yna fe gewch chi fynd adre ac mi anghofiwn ni am y peth. Mi gaiff Mr Llywelyn anghofio hefyd. Dychmygu pethau roeddech chi, yntê, Mr Llywelyn?'

Tawodd yn sydyn wrth glywed sŵn car ar y graean y tu allan i'r tŷ.

'Mam!' llefodd Tili. 'Mae'n siŵr ei bod hi wedi cael pàs hefo mam Gwilym. Mi ffoniais i hi. Ar y ffôn symudol.' Tynnodd y ffôn o'i phoced a'i ddal uwch ei phen.

'Tili!' gwaeddodd ei mam.

Rhedodd Tili at y ffenest a chodi ei llaw. Roedd hi'n iawn: roedd mam Gwilym yno hefyd. Roedden nhw wedi dod yn y car.

'Reit 'ta, chi'ch dau,' meddai Mr Parri. 'I lawr y grisiau 'na.'

Gwthiodd o a Mrs Parri y ddau rywsut-rywsut allan o'r stafell cyn iddyn nhw gael cyfle i ffarwelio â Mr Llywelyn.

Cawsant eu martsio i lawr y grisiau ac agorodd Mrs Parri y drws ffrynt. Dyna lle roedd y ddwy fam a golwg bryderus ofnadwy ar eu hwynebau.

'Wyt ti'n iawn, Tili? Gwilym?' gofynnodd y ddwy ar unwaith.

'Maen nhw'n iawn,' meddai Mrs Parri mewn rhyw lais gwneud, dim byd tebyg i'r un oedd ganddi i fyny'r grisiau. 'Wedi cael rhyw antur fach, yntê, blantos? Rydan ni'n gwybod sut mae plant yn gallu bod, felly ddeudwn ni ddim mwy am y peth.'

'Be ydach chi wedi bod yn ei wneud?' gofynnodd mam Gwilym.

'Dringo i fyny peipen a mynd mewn i'r tŷ tra oeddan ni allan,' meddai Mr Parri cyn i Gwilym gael cyfle i ateb. 'Hogiau, yntê!'

'Gwilym! Wnest ti ddim!' meddai ei fam mewn braw.

'Ond . . . ddim fel'na roedd hi,' protestiodd Tili. 'Nhw oedd yn trio dwyn oddi ar Mr Llywelyn!'

'Am lol!' meddai Mrs Parri.

'Mae'n rhaid i ni ffonio'r heddlu,' meddai Tili'n daer.

'O, mi wnes i,' meddai ei mam. 'Ro'n i'n poeni bod rhywbeth ofnadwy wedi digwydd i chi. Ai nhw sydd yna rŵan?'

Ac ar hynny cyrhaeddodd dau blismon mewn car heddlu. Aeth Mr Parri i'w cyfarfod.

'Mae'n ddrwg gen i am hyn. Rhyw 'chydig o gamddealltwriaeth, w'chi fel mae hi. Ond mae popeth yn iawn rŵan.'

PENNOD 9

'Nac ydi,' llefodd Tili gan frysio draw at y ddau blismon, 'dydi popeth ddim yn iawn. Mae'n rhaid i chi siarad hefo Mr Llywelyn. Dewch!'

'Wela i ddim llawer o bwynt, a deud y gwir,' meddai Mr Parri ar ei thraws. 'Mae Mr Llywelyn druan wedi ffwndro.'

'Dydi o ddim wedi ffwndro gymaint â hynny,' cegodd Tili'n ôl. 'Nhw sy'n deud hynny.'

'Wel, wn i ddim . . .' meddai un o'r plismyn. 'Ella y bydda'n well i ni gael gair hefo Mr Llywelyn. Dim ond i ni gael gwybod beth sy'n digwydd yma.'

Fedrai'r rheolwr ddim gwrthod yn hawdd iawn, felly i ffwrdd â phawb i fyny'r grisiau – y ddau blentyn, y ddwy fam a'r ddau blismon. Edrychodd Mr Llywelyn yn syn iawn arnyn nhw pan gerddon nhw i gyd i mewn i'r stafell.

'Mae'n ddrwg gen i darfu arnoch chi, syr,' meddai'r plismon mwyaf siaradus. 'Ond mi hoffwn ofyn un neu ddau o gwestiynau i chi, os gwelwch yn dda.'

'Yr hogyn 'ma,' meddai Mr Parri gan bwyntio at Gwilym. 'Gwilym Lewis – mi ddringodd i fyny peipen a thrwy'r ffenest tra oeddan ni allan o'r tŷ. Mae o'n cyfadde hynny ei hun.'

'Ydi hynny'n wir, Gwilym?' gofynnodd y cwnstabl.

Nodiodd Gwilym ei ben.

'Fi roddodd wahoddiad iddo fo wneud,' meddai Mr Llywelyn.

'Rŵan, rŵan, Mr Llywelyn,' meddai Mrs Parri. Trodd at y plismyn. 'Dychmygu petha mae o, w'chi. Fel'na mae o, ac mi ddylwn i wybod – fi sy'n edrych ar ei ôl o.'

'Plîs, Mrs Parri, mi fasen ni'n licio holi Mr Llywelyn 'run fath yn union.'

'Mae'r plant yn deud bod Mr Parri wedi 'nghael i werthu fy nhir ar gyfer cwrs golff,' meddai Mr Llywelyn.

'A tydach chi ddim?'

'Wel, yn sicr dydw i ddim isio gwneud.'

'Wela i.'

'Fel y deudais i wrthach chi,' dechreuodd Mrs Parri, ond roedd y ddau heddwas yn ei hanwybyddu erbyn hyn.

'Ydach chi wedi arwyddo unrhyw beth, Mr Llywelyn?'

'Wel, mi fydda i'n gwneud o dro i dro.'

'Mi fydd yn rhaid i ni edrych i mewn i hyn.'

'Ylwch, does dim o hyn yn wir,' meddai Mr Parri yn awdurdodol, gan fynnu sylw'r plismyn. 'Roedd Mr Llywelyn isio gwerthu'r tir – fo'i hun ddeudodd wrtha i. Mi drefnais inna i dwrnai ddŵad draw. Mi drafodon ni'r mater ac mi benderfynodd Mr Llywelyn arwyddo. Roedd y twrnai'n dyst. Mae 'na ddogfennau i brofi'r peth.'

'Twrnai llwgwr, mae'n siŵr,' meddai Tili dan ei gwynt.

'Taw, Tili,' meddai ei mam.

'Rydach chi wedi hen anghofio am hynny, tydach Mr Llywelyn?' meddai Mrs Parri'n nawddoglyd. 'Peidiwch chi â phoeni'ch pen am y peth.'

'Wel, os ydi o wedi llofnodi'r ddogfen yna'n wirfoddol, does dim byd y gallwn ni ei wneud am y peth,' meddai'r plismon. 'Mae pob dim yn gyfreithlon.'

'Yn union,' meddai Mr Parri gan nodio'i ben. 'Dydi 'ngwraig a finna ddim am ddod â chyhuddiad yn erbyn y plant am dorri i mewn. Fe anghofiwn ni am y peth, am y tro 'ma. Ond dydi o ddim i ddigwydd eto.'

'Wnaethon ni ddim torri i mewn!' protestiodd Gwilym. 'Maen nhw'n deud celwydd!'

'Taw, Gwilym,' meddai ei fam dan wgu arno.

'Mae 'na fwy,' meddai Tili. 'Mae Mr Llywelyn yn deud bod rhywun wedi torri i mewn a dwyn ei lestri arian o. Oeddech chi'n gwybod hynny?'

Crychodd y plismon ei dalcen. 'Dydw i ddim yn cofio clywed am ddim byd felly. Wyt ti, Ian?'

Ysgydwodd y llall ei ben. 'Mi faswn i'n siŵr o gofio. Ni'n dau fyddai wedi dŵad

119

draw i ymchwilio i'r mater. Beth sy'n gwneud i chi feddwl bod y llestri wedi'u dwyn, Mr Llywelyn?'

'Mr Parri ddeudodd wrtha i.'

'Fuodd 'na ladrad, Mr Parri?'

'Naddo. Mr Llywelyn sy'n ffwndro eto.'

'Felly ble mae'r llestri?'

'Yn y stafell fwyta y dylen nhw fod,' meddai Mr Llywelyn.

Trodd Mr Parri i edrych ar ei wraig.

'Mae'n well i ni gael golwg yn y stafell fwyta,' meddai'r plismon. 'Dangoswch i ni ble mae'r llestri'n cael eu cadw.'

'Wel, ymm . . . Fel mae'n digwydd bod,' meddai Mr Parri gan glirio'i lwnc, 'mi oedd 'na ladrad. Mae hyn braidd yn anodd . . .'

Pesychodd yn swnllyd.

'Rydan ni wedi bod yn meddwl riportio'r peth, ond dim ond newydd ddigwydd mae o – ddau ddiwrnod yn ôl – a dydan ni ddim wedi cael cyfle eto.

Roedden ni'n rhyw feddwl hefyd mai wedi … eu colli nhw roedden ni. Rywsut.'

'Y mis diwetha oedd hi,' meddai Mr Llywelyn yn bendant. 'Dwi'n siŵr o'r peth. Ro'n i'n cael fy mhen-blwydd y diwrnod hwnnw. Dwi'n cofio meddwl nad oedd o'n anrheg pen-blwydd neis iawn. Ro'n i'n naw deg a dwy.'

'Dydach chi ddim yn edrych mor hen â hynny, Mr Llywelyn,' meddai Tili.

'Diolch, Tili.' Gwyrodd ei ben i gydnabod y sylw caredig.

'Dwi'n meddwl,' meddai'r plismon, 'y byddai'n well i ni fynd i'r orsaf i gymryd datganiadau. Nid chi, wrth gwrs, Mr Llywelyn. Mi anfona i am rywun i ddŵad i'ch cyfweld chi fan hyn.'

PENNOD 10

Yng ngorsaf heddlu Caernarfon, rhoddodd Mr a Mrs Parri eu hochr nhw o'u stori a chafodd Tili a Gwilym gyfle i ddweud eu hochr hwythau. Aeth eu mamau yno hefo nhw.

'Mi gysylltwn ni hefo chi'n fuan,' meddai'r sarjant wrth y ddesg wedi iddyn nhw roi eu datganiadau. 'Mae'n rhaid i mi ofyn i chi beidio â gadael yr ardal rhag ofn y bydd angen i ni'ch holi chi eto.'

'Dydan ni ddim yn bwriadu gadael,'

meddai Mrs Parri'n ddig. 'Pam ar y ddaear y bydden ni'n gadael? Rydan ni'n ddieuog. A fasen ni ddim yn gadael Mr Llywelyn ar ei ben ei hun.'

'Ella na fydd Mr Llywelyn isio iddyn nhw edrych ar ei ôl o rŵan,' meddai Tili wrth y sarjant. 'Mae o'n gwybod erbyn hyn eu bod nhw wedi bod yn dwyn oddi arno fo.'

'Chaiff hi ddim deud petha fel 'na!' meddai Mr Parri. 'Mae hi'n pardduo'n henw da ni!'

'Mae o'n iawn,' meddai'r sarjant wrth Tili. 'Dydyn nhw ddim wedi eu cyhuddo o ddim byd eto. Mae isio i ti ddal dy dafod, 'mechan i.'

Ymadawodd Mr a Mrs Parri o flaen y plant a'u mamau.

'Mi fyddan nhw wedi dylanwadu ar Mr Llywelyn,' meddai Gwilym yn benisel. 'Mi wnân nhw iddo fo droi ei stori.'

123

'Gad hi rŵan, Gwilym,' meddai ei fam gan roi ei llaw ar ei fraich.

'Fedrwch chi ddim gwneud rhywbeth?' gofynnodd Tili i'r sarjant. 'Mae Gwilym yn iawn. Mi fyddan nhw wedi mwydro Mr Llywelyn nes na fydd o ddim yn gwybod ai mynd 'ta dŵad y bydd o. Ella y byddan nhw wedi rhoi cyffuriau iddo fo hyd yn oed!'

'Yli, mae isio i ti ddal dy dafod!'

'Rydan ni'n mynd adre rŵan, Tili,' meddai ei mam. 'Mae'n ddrwg gen i, sarjant. Maen nhw'n teimlo'n gry am yr hen ŵr.'

'Wn i. Dwi'n deall hynny. Ond fedrwn ni ddim gwneud dim byd heb dystiolaeth.'

124

'O ble cewch chi dystiolaeth?' gofynnodd Tili.

'Chwilio am y llestri o gwmpas siopau hen bethau.'

Ac roedd yn rhaid iddyn nhw fodloni ar hynny. Pan gyrhaeddon nhw adref roedden nhw'n teimlo'n annifyr ynglŷn â Mr Llywelyn. Ffoniodd mam Tili y gweinidog a gofyn iddo fo fynd i weld sut roedd pethau yn yr hen dŷ. Ond pan wnaeth o hynny mi gafodd wybod bod Mr Llywelyn yn cysgu. Deffrodd Tili sawl gwaith yn y nos yn poeni am yr hen ŵr, ar ei ben ei hun yn y tŷ hefo Mr a Mrs Parri.

Daeth Gwilym draw ar ôl brecwast ac aeth y ddau i'r ardd i edrych a welen nhw gar heddlu ar ei ffordd yn ôl i'r hen dŷ. Roedd eu mamau wedi dweud na chaen nhw adael yr ardd wedi helbul y diwrnod cynt.

'Dydw i ddim isio gorfod mynd drwy

ddim byd fel 'na eto,' meddai mam Tili. Roedd hi'n benderfynol, a gwyddai Tili nad oedd pwynt dadlau. 'Mi fu bron i mi gael trawiad pan ffoniaist ti ddoe.'

A hithau bron yn amser cinio, gwelsant ddau gar heddlu yn mynd heibio, a dau blismon ym mhob un. Ac mewn rhyw ugain munud roedden nhw'n dod yn ôl. Y tro hwn, roedd plismon yn eistedd yn sedd gefn pob car, a Mr Parri wrth ochr un ohonyn nhw a Mrs Parri wrth ochr y llall. Nid edrychodd yr un o'r ddau i gyfeiriad Tili a Gwilym.

'Ella eu bod nhw wedi cael eu harestio!' llefodd Tili yn gynnwrf i gyd. Doedden nhw ddim wedi gallu gweld a oedd eu dwylo nhw mewn cyffion neu beidio.

'Ella mai wedi mynd yn ôl i'r orsaf i gael eu holi eto maen nhw,' meddai mam Tili pan ddywedon nhw wrthi.

'Fedri di ddim ffonio'r orsaf i ofyn?'
gofynnodd Tili.

'Na fedraf, wir. Dydw i ddim isio bod
yn niwsans. Os bydd ganddyn nhw
rywbeth i'w ddeud wrthan ni, mi ffonian
nhw yma neu ddŵad draw.'

Roedden nhw ar bigau'r drain drwy'r
prynhawn. Roedd y diwrnod yn llusgo
heibio. Fe ddechreuon nhw chwarae

Monopoly ond fedren nhw ddim canol-bwyntio ar y gêm.

Yna, am bedwar o'r gloch, daeth un o'r plismyn roedden nhw wedi'u gweld y diwrnod cynt draw. Rhedodd y plant allan i'w gyfarfod wrth iddo ddod allan o'i gar.

'Rydan ni wedi arestio Mr a Mrs Parri,' meddai, 'a'u cyhuddo nhw o ddwyn llestri arian Mr Llywelyn ac ambell beth arall.'

'Hwrê!' llefodd Tili.

'Roedd y llestri ar werth mewn siop yn Lerpwl ac roedd y perchennog yn cofio wyneb Mr Parri. Mae'r ddau wedi bod wrthi ers blynyddoedd yn dwyn pethau gwerthfawr o'r tŷ ac yn eu gwerthu nhw.'

'Beth am y tir roedden nhw wedi'i werthu i wneud cwrs golff?' gofynnodd Gwilym.

'Mi holwn ni'r twrnai a arwyddodd y ddogfen.'

'A beth am Mr Llywelyn?' gofynnodd
Tili. 'Pwy sy'n mynd i ofalu amdano fo
rŵan? Fedar o ddim aros yn y tŷ mawr
'na ar ei ben ei hun.'

'Rydan ni wedi cysylltu hefo'r
Gwasanaethau Cymdeithasol ac maen
nhw wedi gyrru rhywun yno. Maen nhw
wrthi'n siarad hefo fo rŵan.'

'Gobeithio na fydd rhaid iddo fo fynd i
gartre henoed,' meddai Tili.

Y bore wedyn, cafodd Tili a Gwilym
ganiatâd i alw i weld Mr Llywelyn.
Daeth gweithiwr cymdeithasol i'r drws
ac roedd hi'n ddigon clên ond wnaeth hi
ddim gadael iddyn nhw fynd i mewn.
Roedden nhw'n brysur ofnadwy yn trio
rhoi trefn ar bethau ond roedden nhw
wedi bod yn ddigon ffodus i gael gafael
ar gwpwl neis iawn a oedd yn dda am
edrych ar ôl hen bobl. Mr a Mrs Owen
oedd eu henwau nhw.

'Mi fydd o mewn dwylo diogel, dwi'n addo. Felly fydd dim rhaid i chi boeni amdano fo.'

'Wnewch chi ddeud wrtho fo ein bod ni wedi galw draw?'

'Wrth gwrs.'

'Deudwch fod Tili a Gwilym yn cofio ato fo.'

'Mi wna i hynny.'

Pan gyrhaeddodd Tili adref dywedodd wrth ei mam am y bobl newydd a oedd yn dod i ofalu am Mr Llywelyn.

'Mae popeth wedi'i setlo hefo Mr Llywelyn felly,' meddai ei mam.

'Ond rydan ni'n dwy yn dal mewn twll,' meddai Tili.

PENNOD 11

Roedden nhw'n dal heb gael unrhyw ymateb i gerdyn Tili yn y siop. Roedd ei mam yn dechrau meddwl o ddifri y byddai'n rhaid iddyn nhw feddwl am symud i Fangor. Roedd hi wedi cael cynnig fflat yno uwchben siop am rent rhesymol.

'Ond dydw i ddim isio mynd!' protestiodd Tili. 'A phaid â deud bod rhaid i mi gymryd beth dwi'n ei gael!'

Ceisiodd ei mam droi'r sgwrs. 'Wn i

ddim pam na yrraist ti'r llun 'na i'r
eisteddfod.' Roedd Tili wedi dangos y llun
i'w mam erbyn hyn. 'Roedd o'n dda iawn.'

'Do'n i ddim isio.'

'Pam lai?'

'Jest ddim isio.' Roedd Tili'n gwybod
yn iawn beth roedd hi am ei wneud
hefo'r llun, ond doedd hi ddim wedi
dweud gair wrth ei mam na Gwilym eto.

Roedd hi ar fin galw i nôl Gwilym.
Roedden nhw wedi cael gwahoddiad i
fynd i de at Mr Llywelyn y prynhawn
hwnnw. Mrs Owen oedd wedi ffonio i ofyn
iddyn nhw, ac roedd hi'n swnio'n glên
iawn dros y ffôn. 'Mae o'n edrych ymlaen
at eich gweld chi'ch dau. Mae o wedi bod
yn siarad cymaint amdanoch chi!'

Rhoddodd Tili y llun o'r geifr mewn
ffolder a mynd drws nesaf.

'Beth ydi hwnna?' gofynnodd Gwilym
gan edrych ar y ffolder dan fraich Tili.

'Dydw i ddim yn deud!'

'Paid 'ta!'

Wrth iddyn nhw gerdded am Lys Llywelyn, soniodd Tili wrth ei ffrind am y fflat ym Mangor. 'Mi fydda'n rhaid i mi symud i ysgol newydd.'

'Mi fydda hi'n ddistawach o lawer yn ein hysgol ni beth bynnag!'

Ceisiodd ei bwnio ond gwyrodd Gwilym o'r ffordd.

'Dwi wedi deud wrthat ti o'r blaen, Tili. Gwrthoda fynd.'

'Fydda neb yn cymryd sylw.'

'Dychmyga tasa'r hen Bry yn gorfod galw'r heddlu i dy symud di, mi fydda 'na goblyn o le yn y pentre. Fydda hi ddim yn licio hynny. Mi gaet ti dy lun yn yr *Herald*.'

Trodd y ddau i mewn i'r dreif. Roedd Mr Owen wrthi'n torri'r tyfiant wrth odre'r llwyni rhododendron. Doedd Mr Parri erioed wedi trafferthu gwneud hynny.

Rhoddodd Mr Owen y gorau iddi pan welodd y plant yn dod i'w gyfarfod. 'Wel, dyma'r ddau arwr a achubodd Mr Llywelyn!' Roedd ganddo fochau coch a llygaid brown caredig. Cymerodd y ddau ato'n syth. 'Mae'n well i chi fynd i fyny ato fo. Mae o wedi bod yn aros amdanoch chi.'

Aethon nhw at y drws cefn. Daeth Mrs Owen i'w agor a mynd â nhw i fyny i stafell Mr Llywelyn. Roedd hi wedi gwneud cacen lemwn a bisgedi eisin hefo ceirios ar eu pennau a chacen siocled ar eu cyfer nhw. Roedd y bwyd i gyd ar y bwrdd yn aros amdanyn nhw.

Daeth Mr Llywelyn i'w croesawu. Ysgydwodd law hefo'r ddau a dweud mor falch oedd o'u gweld nhw.

'Dwi'n siŵr fod pob plentyn yn licio cacen siocled!' meddai, gan wenu fel giât. 'Felly mi ofynnais i Mrs Owen wneud un – fel gwobr am eich holl help. Ac rydw inna wrth fy modd hefo cacen siocled hefyd!'

'Wnaethon ni ddim llawer i'ch helpu chi,' meddai Gwilym.

'Do, mi wnaethoch! Ac rydw i'n

ddiolchgar iawn. Chi achubodd fi rhag Mr a Mrs Parri. Roedden nhw i'w gweld yn dda wrth eu gwaith ond fues i erioed yn rhyw hoff iawn ohonyn nhw, mae'n rhaid i mi gyfaddef. Ond doedd gen i ddim syniad eu bod nhw cynddrwg â hynna chwaith.'

Gofynnwyd i Tili dywallt y te o debot mawr gwyn â rhosod pinc arno. Roedd o'n edrych yn hen ac yn ddrud. Cymerodd ofal i beidio â thollti diferyn ar y lliain bwrdd gwyn. Byddai ei mam wedi bod yn falch ohoni. Roedd hi'n cwyno o hyd fod Tili'n flêr ond fu Tili ddim yn flêr y prynhawn hwnnw.

'Mi ges i newydd da iawn y bore 'ma,' cyhoeddodd Mr Llywelyn. 'Maen nhw wedi sortio'r busnes 'na ynglŷn â'r tir. Dwi mor falch.'

'Ninna hefyd,' meddai Tili.

'Roedd y ddogfen a lofnodais i yn anghyfreithlon. Fedren nhw ddim dod o hyd i'r twrnai. Mae o wedi diflannu. Hynny ydi, os oedd o'n bodoli erioed – fel twrnai felly.'

'Felly chi sydd piau'r foel a Chaeau'r Afon,' meddai Gwilym.

'Ia wir.'

'A fyddwch chi ddim yn eu gwerthu nhw ar gyfer cwrs golff?' gofynnodd Tili.

'Na fyddaf, yn bendant. Ro'n i wrth fy modd yn edrych ar y geifr 'na pan o'n i'n blentyn. Fedra i mo'u gweld nhw erbyn hyn – ddim hyd yn oed hefo fy sbectol.' Roedd ei sbectol wedi ei thrwsio ac yn ôl ar ei drwyn. 'Dydyn nhw byth yn dŵad yn agos i'r tŷ, yn anffodus.'

Estynnodd Tili am ei ffolder a thynnu'r llun o'r geifr allan ohoni. 'Mi liciwn i roi hwn i chi, Mr Llywelyn.' Rhoddodd y llun iddo.

Cymerodd yntau'r llun a gwenu. 'Y geifr! Dyna ardderchog! Mi fydd yn rhaid i mi gael fframio hwn a'i roi o ar y wal er mwyn i mi gael eu gweld nhw o hyd. Diolch, Tili, am anrheg mor arbennig.'

'Dwi'n falch eich bod chi'n ei licio fo.'

'Wel, ydw wir. O, ac mae hynny'n fy atgoffa i – mi glywodd Mr Owen ryw sôn dy fod ti a dy fam yn mynd i orfod gadael eich cartref. Ydi hynny'n wir?'

'Mae nai yr hen Bry – Mrs Prys – isio byw ynddo.'

'Os felly, wyt ti'n meddwl y basech chi'n licio dŵad i fyw ym mhorthdy Llys Llywelyn?'

'Yn y porthdy?'

'Wel, mae o'n wag gan fod Mr a Mrs Parri wedi gadael. Mae Mr a Mrs Owen yn aros yn y tŷ hefo fi, felly does arnyn nhw mo'i angen o. Ac mae'n dda gen i gael eu cwmni nhw.'

'Ydach chi o ddifri?' gofynnodd Tili. 'Wir yr? Mam a fi? Yn y porthdy?'

'Siŵr iawn 'mod i o ddifri. Wir yr. Faswn i ddim yn cynnig fel arall.'

Rhedodd Tili at y gadair olwyn a gafael yn dynn am Mr Llywelyn.

'Wel wir, does 'na neb wedi gwneud peth fel'na i mi erstalwm iawn.' Roedd ei lygaid yn sgleinio y tu ôl i'w sbectol.

'Mi gewch chi fod yn rhyw fath o daid i mi, os liciwch chi,' cynigiodd. 'Does gen i ddim taid.'

'Mi faswn i wrth fy modd, Tili,' meddai Mr Llywelyn yn ddifrifol.

Ddiwedd yr wythnos, clywodd Gwilym fod ei lun wedi ennill yn yr eisteddfod.

'Dim ond am na wnes i gystadlu yn y diwedd!' meddai Tili. Tynnodd Gwilym ei dafod arni. Chwarddodd Tili. 'Mae hynna'n wych, Gwilym! Ro'n i'n gwybod y baset ti'n ennill!'

Prynodd Gwilym sbienddrych hefo arian y wobr, ac roedd ar ben ei ddigon. Roedd o am ddechrau gwylio adar.

'Ac mi fedrwn ni weld y geifr yn well drwyddyn nhw,' meddai Tili.

'Ni? Pwy ddeudodd y cei di sbio drwyddyn nhw?'

Tynnodd Tili stumiau arno a rhedeg i ffwrdd a'r sbienddrych yn ei llaw.

Ddau ddiwrnod yn ddiweddarach, symudodd Tili a'i mam i borthdy Llys Llywelyn. Roedden nhw wrth eu bodd hefo'r tŷ ac arwyddodd Mr Llywelyn gytundeb – a'i sbectol ar ei drwyn – yn

dweud bod ganddyn nhw hawl i aros
yno cyhyd ag y bydden nhw'n dymuno.

'Hyd yn oed wedi i mi fynd.'

'Dydach chi ddim yn "mynd" i nunlle
am amser hir iawn eto,' meddai Tili.

'Os wyt ti'n deud, Tili.' Gwenodd Mr
Llywelyn a throi i edrych ar lun y geifr
ar y wal.